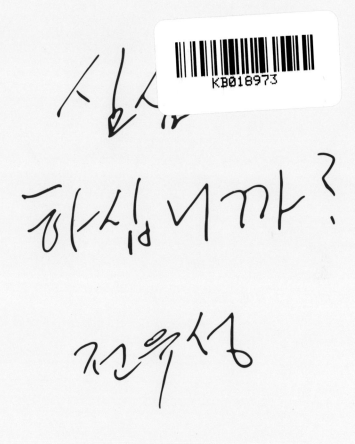

지구에 처음 온 사람처럼

지구에 처음 온
사람처럼

전유성

허클베리북스

후라이보이 곽규석 선생님은 나의 스승이시다.

추천사

오랜만에 낄낄대며 단숨에 읽었다. 별처럼 반짝이는 귀한 생각들을 아낌없이 나눠주시는 고맙고 귀한 선배님! 그런 그가 "어찌 살아야 하는지를 모르겠다"고 한다. 어찌 살아야 하는지 아는 사람 있음 나와 보라 그래!!!

양희은(가수)

내가 아는 가장 '쿨한' 어른인 전유성 선생님의 신작이 나온다는 소식을 듣고 아마 냉소적인 농담집이리라 예상했나 보다. 이상하게도 읽다 보니 나도 모르게 눈물을 글썽이고 있다. 웃다가 급습당한 기분이다. 농담이 깊이를 얻으면 이런 여운을 남기는구나 깨닫고 만다. 이 책은 예리하지만 놀랍도록 따뜻하다. 따뜻하지만 평평하지 않다. 지구에 존재하는 게 지루하다고 느껴지는 날, 아무 페이지나 펼쳐 한없이 읽기 시작하면 딱 좋겠다. 디지털 문자와 영상에 녹아내리고 있는 전두엽이 즐거워하며 기력을 찾을 것이다.

남인숙(작가)

후라이보이 곽규석 선생님을 스승으로 두고 계신 전유성 선생님은 나의 스승이시다. 『지구에 처음 온 사람처럼』 제목만 들어도 벌써 설레네요. 지금껏 살아온 지구에 처음 온 느낌이라니! 어느덧 제 인생의 반 이상을 선생님과 시간을 보냈는데 같은 장소에 가더라도 같은 이야기는 한 번도 없었네요. 맛있는 안주에 술 한잔 그리고 선생님과 나누는 이런저런 우리의 수다는 제가 가장 좋아하는 제 삶의 아주 행복한 한 장면입니다. 선생님과의 행복한 수다가 떠오르는 이 책을 읽고 나니 지구에 오길 잘했다는 생각이 드네요. 여러분, 전유성이 살고 있는 지구에 처음 오신 걸 대단히 환영합니다!!

조세호(개그맨)

프롤로그

50년 넘게 개그맨 생활을 해오는 동안 나는 한 번도 스타인 적이 없었다. 오랫동안 스타인 개그맨 후배들의 뒤를 받쳐주는 역할을 해왔다. 연기력이 부족하니까 내게 주어진 대사 분량도 항상 적었다. 몇 마디 없으니 편집 당할 염려가 없고 내가 찍은 분량은 거의 다 나오는 게 장점이라며 씁쓸한 자랑을 하기도 했다. 요즘도 "왜 있잖아? TV에 나와도 맨날 안 웃기는 개그맨" 이러면서 나를 설명한다. 그래도 이럭저럭 '개그맨 전유성'으로 50년 이상 밥을 먹고 살았다. 생각해보면 참 고마운 일이다.

나는 고마운 게 정말 많은 사람이다. 도시에 살다가 지방으로 오면서 두 가지 결심한 것이 '어슬렁어슬렁 살자'와 '아무것에도 구애받지 않고 내가 하고 싶은 대로 자유롭게 살자'였다. 어떤 일을 한다고 해놓고 삐딱선을 타기도 하고, 안 한다고 해놓고 하기도 하면서 살았다. 처음엔 생각대로 되는듯했으나 아무것에도 구애받지 않고 산다는 건 정말 쉽지 않았다. 그래도 여전히 어슬렁어슬렁 살고 있으니 이 또한 얼마나 고마운 일인가?

요즘은 사람들과 토론하는 일이 무서워졌다. 지방에 내려와서 오래 살다 보니 예전과 달라진 게 많다. 대화 도중에 뻔히 알고 있는 단어들이 떠오르지 않는다. 처음엔 입안에서 뱅뱅 돌더니 이젠 머릿속에서부터 텅 빈 상태가 된다. 춘향전에서 시작해서 흥부전까지 잘 가다가 옆 동네 변강쇠 이야기를 하는 도중에 브레이크가 걸렸다. 변강쇠 전설의 배경인 '벽송사'라는 사찰 이름이 생각이 안 난 것이다. 'UFC' 경기를 '유튜브'라고 한 적도 있다. 요일을 헷갈리는 일도 다반사다. 월요일인 줄 알았는데 목요일이다. 처음엔 한두 번 이러다 말 줄 알았는데 벌써 2년 넘게 자꾸 요일을 틀린다. 숫자로 헤매고 싶지 않은데 68만 원짜리 운동화를 6만 8천 원인 줄 알고 날름 사려다 기겁한 적도 있다. 어쨌든 이런 일들이 아직은 사는 데 큰 지장을 주지는 않고, 별 탈 없이 지낼 수 있는 것만 해도 고마운 일이다. 술을 너무 많이 마시면 파일이 삭제되어 아침마다 부활해야 하지만.

아침에 하는 루틴이 있다. 눈을 뜨면 명상을 한다. 남들이 뭐라고 하든 명상은 명상이다. 처음엔 이론서도 읽고 어떤 이에게 묻기도 했다. 시간도 정해놓았지만 잘 지켜지지는 않는다. 식후 30분 후에 복용하는 약도 빼먹는 주제에 시간을 정한다고 될 일인가 말이다. 그래도 눈 뜨면 이불을 밀어버리고 바로 명상이란 이름으로 잠시 눈을 감는다. 시간을 정하지 않고 그냥 할 때까지 하는 거다. 20초, 30초, 1분, 말 그대로 내 식의 명상이다. 바람 소리, 빗소리가, 새소리가 새롭게 들린다. 명상이란 걸 하고 나서 늘 보아왔던 익숙한 것들이 처음처럼 다가올 때가 많다. 늘 보던 것들도 호기심 어린 눈으로 다시 보게 된다. 매일 세상을 새롭게 보게 되는 일이 고맙다면 고마운 일이다. 생각해보면 호기심은 나를 살게 해왔던 힘이다. 남들이 당연하다고 생각하는 것들에 물음표를 붙이는 일이 즐겁다. 그리하여 나는 오늘도 어슬렁거린다. 마치 지구에 처음 온 사람처럼.

2023년 12월
전유성

차례

2장 삶치

3장   공상과학소설에는 안 나오는 공상

4장 옛날아 넌 어디 있니?

1장

지구에
처음 온 사람처럼

종합검진

병원에 종합검진을 받으러 갔다.

"어머, 전유성 씨 안녕하세요?"

반가운 얼굴로 인사하는 간호사.

"안녕한지 어떤지 보러 왔는데요."

에어팟

어느 모임에 에어팟을 끼고 나갔다. 후배가 걱정스러운 눈빛으로 말했다.

"형님 보청기 끼세요?"

윤복희 누나의 카톡

내가 살던 마을에 가수 윤복희 누나가 노래를 하러 왔다. 공연이 끝나고 대구역에 배웅하러 가던 때 일이다.

당시에는 국사 교과서 개정을 두고 고쳐야 한다느니 그대로 둬야 한다느니 한창 말이 많던 때였다. 그래서 내가 자동차 안에서

"복희 누나, 나 국사 교과서 고쳐야 한다고 생각해."

"왜 그렇게 생각하니?"

"내가 국사 교과서에서 결정적인 오타를 하나 발견했어."

"뭔데?"

"잘 들어봐. **사도**, 두 글자잖아? 근데 역사책에는 사도 세 자라고 되어 있어. 이거 잘못된 거야."

바로 웃어줘야 하는데 복희 누나는 웃지도 않고

"야, 유성아 너 정말 대단하다. 어떻게 그걸 발견했니? 난 꿈에도 생각 못 했어."

대구역에 도착했더니 역 앞에 차들이 많이 서 있었다.

"유성아. 여기 대구는 올 때마다 차가 너무 많이 서 있어."
"아. 대구는 무조건 대구 봐."

그랬더니 "야~ 유성아 이거 너무 웃긴다. 이거 써먹어야지" 하고 크게 웃었다. 그리고 3일 뒤에 새벽 4시 20분쯤 복희 누나한테 카톡이 왔다.

유성아. 사도 세자가 왜 웃기는지 지금 알았어.

짝수 층만 운행하는 엘리베이터

MBC에서 〈여성시대〉라는 라디오 프로그램을 진행하던 때 일이다. 30년째 드나들던 그 방송국에는 엘리베이터가 두 대 있었다. 하나는 홀수 층만 운행하고 다른 하나는 짝수 층만 운행한다고 적혀 있었다. 〈여성시대〉를 진행하는 스튜디오가 8층에 있으니 나는 당연히 짝수 층만 운행하는 엘리베이터 앞에 서서 엘리베이터가 오기를 기다렸다. 한 층 두 층 엘리베이터가 내려오고 곧 1층에 다다랐다. 떵동. 문이 열리는데 갑자기 든 생각.

'짝수 층만 운행하는 엘리베이터가 왜 1층에 서지?'

너네 어머니 오이지 참 맛있었는데

〈낭만에 대하여〉를 부른 가수 최백호는 어릴 적에 두 가지 꿈이 있었다. 하나는 가수가 되는 것, 또 하나는 화가가 되는 것. 먼저 가수가 된 그는 오랜 세월 화가의 꿈을 품고 살다가 드디어 틈틈이 그렸던 그림을 모아 전시회를 열었다. 전시회가 열린 인사동 '공화랑'에 갔더니 화환이 굉장히 많았다. 거기에는 하나같이 이런 문구가 적혀 있었다.

전시를 축하합니다.

그 화환들 사이에서 유독 어떤 화환 하나가 눈에 띄었다. 조용필의 〈Q〉, 〈킬리만자로의 표범〉, 김국환의 〈타타타〉 등의 노랫말을 쓴 작사가 양인자 선생님이 보낸 화환이었다. 그 화환에는 '전시를 축하합니다'가 아니라 이렇게 적혀 있었다.

최백호 씨, 정말 근사한 일이네요.

그걸 보자마자 내 머릿속에 박하사탕 향이 싸하게 번졌다. 아, 저렇게 써도 되는 걸 왜 우리는 근조 화환에 꼭 '명복을 빕니다'라고 써야만 되는 줄 알았을까? 화환에 그런 문구 적어 보내면서 정말 명복을 빈 사람을 한 번도 못 본 것 같다.

그 뒤로 나는 화환을 보낼 때 적는 문구를 지금까지의 것과 다르게 적어보자고 결심했다. 그런 결심을 했을 무렵 친구 어머님이 돌아가셨다.

너네 어머니 오이지 참 맛있었는데.

그 친구는 내가 보낸 화환을 다른 사람이 보낸 것보다 훨씬 더 오랫동안 기억을 하고 "우리 엄마 오이지뿐 아니라 장아찌도 잘하셨어" 이런 얘기도 하곤 했다.

얼마 전에 내 친구 허참이 세상을 떠났다. 그 소식을 듣기 이틀 전에 내가 허참이 사는 집 앞을 지나갔기 때문에 더 믿을 수가 없었다.

믿을 수가 없다. 허참아.

허참의 장례식에 참석한 사람들 가운데 몇 사람이 그 조화를 보고 감동했다고 사진 찍어서 나한테 보내주었다.

그 후로 나는 모르는 사람, 비즈니스 때문에 알게 된 사람들한테 조화를 보낼 적에도 반드시 물어본다. "어떻게 돌아가셨니?" 병환으로 돌아가셨다고 하면

거기 가서는 아프지 마세요.

또는

진심으로 가슴 아픕니다.

우리 학교 학생 어머니가 돌아가셨을 때는

영철아, 내가 옆에 있었으면 네 손을 꼭 잡아 줄 수 있었을 텐데.

이사 오시느라고 수고하셨습니다

한남동 집으로 이사할 때 일이다. 이사를 가면 대개 휑뎅 그렁한 빈집에 들어가서 짐을 나르기 시작한다. 그런데 그 집에 갔더니 먼저 살던 사람이 거실 벽에 뭘 하나 써 붙여놓은 게 보였다.

이사 오시느라고 수고하셨습니다. 우리는 여기서 8년을 살다가 큰아이 학교 문제로 이사 갑니다. 우리 식구들이 여기 살 적에 배달시켜 먹었던 치킨집, 중국집 전화번호 여기 적어놓고 갑니다. 행복하게 사세요.

얼마나 기분 좋게 그 집에서 살기 시작했는지 모른다. 혹시 이사를 앞두었다면 위와 같이 하나 써놓고 가는 건 어떨까? 근데 말이지 이걸 쓰고 싶어서 이사를 가면 안 되겠지?

배삼룡 주례사

지금까지 살면서 내가 들은 최고의 주례사는 배삼룡 선배가 하신 주례사였다.

내가 사회를 본 결혼식이었는데 주례를 소개하자 배삼룡 선배님이 말 그대로 '한 말씀'하셨다.

"이봐 신랑."
"네."
"내가 무슨 이야기 하려는지 알지?"
"네."
"그럼 됐어."

주례사의 전부였다.
결혼식이 끝나고 나서 배삼룡 선배님께 여쭤봤다.

"무슨 주례를 그렇게 짧게 하셨어요?"

"아, 며칠 전에 그 친구가 우리 집에 왔을 때 한 두어 시간 이야기해줬어. 그래서 그렇게 물어본 거지 뭐. 내가 무슨 이야기 하려는지 알지? 안대. 그런데 뭐 하려고 또 해. 또 하면 늙은이 잔소리지."

귓속말 주례사

방송국 PD의 결혼식에서 들은 주례사 한 토막. 교회에서 결혼식을 올렸는데 목사님의 주례사가 참 인상적이었다. 성경 말씀을 한 줄 읽으시고는 이렇게 말했다.

"신랑은 신부의 귀에다 대고 앞으로 어떻게 살자고 귓속 말을 하세요."

신랑이 일순 머뭇거리더니 신부 귀에 대고 뭐라고 한마디 한다. 이번엔 신부에게 말했다.

"신부는 신랑의 귀에다 대고 앞으로 어떻게 살자고 한 말 씀 하세요."

신부의 귓속말까지 끝나자 목사님은

"저는 신랑이 신부에게 또 신부가 신랑에게 무슨 말을 했는지 모릅니다. 그러나 신랑이 알고 신부가 알고 하나님이 알고 계십니다. 두 분은 조금 전에 귓속말로 했던 그대로 사시기를 바랍니다."

다른 데서는 못 들어본 말 그대로 '듣도 보도 못한 주례사'였다.

나갔다 다시 오면 팔지

서울을 떠나 지방으로 내려가기 바로 전 영등포 당산동에 살았다. 자주 가는 술집이 있었는데 거기에는 네 사람이 앉을 수 있는 테이블 하나와 세 사람이 서서 먹을 수 있는 자리밖에 없었다. 일곱 명이면 꽉 차는 그 술집 벽에 표어 같은 글이 하나 붙어 있었다.

소주는 한 사람 앞에 한 병만 팝니다.

너무 이상하지 않은가? 조그만 가게에서 많이 팔면 팔수록 좋을 텐데. 나중에야 그 궁금증이 풀렸다. 아주머니가 말하길 그 장소에서 30년 이상 소줏집을 했기 때문에 옛날에 다녀갔던 사람들을 많이 만나고 싶어서 한 병으로 제한해서 판다고 하는 거였다.

소주 마시는 사람들은 알겠지만 이게 한 병으로 끝나지

않을 때가 많다. 손님들이 "한 병 더 팔아라" 보채면 아주머니는 "저기 쓰여 있는 거 봐라. 우리는 한 병 파는 게 원칙이다" 하고 단호하게 말한다. 대개 단골들은 가만히 있는데 처음 온 몇몇 손님이 고집을 부린다.

"소주 한 병 가지고는 간에 기별도 안 간다니까요. 난 다섯 병이 주량이니까 한 병만 더 팔아요."
"안 돼요."

나중에는 "돈 더 줄게요. 한 병당 만 원씩." 그래도 안 되면 욕을 하면서 문을 쾅! 닫고 나가버린다.
그 아주머니가 그 모습을 보고 담배에 불을 턱 붙이면서 이렇게 말한다.

"저 쪼다 같은 놈. 나갔다 다시 들어오면 팔지."

우리는 '지금 소주 한 병 더 마시겠다'는 그 일념에 눈이 어두워서 '나갔다 다시 들어오면 된다'는 어쩌면 간단한 해결법을 생각하지 못하고 살 때가 많다.
나는 그 집에 가면 소주 두 병을 마신다. 몸이 허락하면 세 병도 마실 수 있다. 동네에 술집이 그 집만 있는 게 아니니까 바로 옆집에 갔다가 다시 오면 된다. 내 아이디어는 아니었지만, 그 술집 주인아주머니 얘기 덕분에 머릿속에 팝콘이 확 터지는 경험을 했다. (술 많이 마시는 게 뭔 자랑이라고…….)

이외수 형님

『들개』라는 소설을 읽었다. 너무너무 재미있었다. 주위에 물어봤더니 시를 쓰거나 그림을 그리는 사람들은 그 책을 쓴 이외수라는 작가를 모두 다 알고 있었다. "나도 좀 알 수 없겠니? 나도 소개 좀 해줘" 하고 부탁해서 소개받기로 했다. '좋은 친구 하나 생기겠구나' 생각하고 만났더니 나보다 세 살이나 위였다.

처음에는 친구처럼 생각하다가 그다음에는 형처럼 생각하다가 어느 날 보니까 나이 차이는 얼마 안 나는데 큰 어른이라는 생각이 들었다. 어르신이라고 하긴 그렇고 그때부터 형님이라고 불렀다. 외수 형, 외수 형 하다가 어느 때부터 나의 큰 형님이 되었다.

함께 개그콘서트에도 출연했다. 나는 둘리 탈 쓰고 형님은 마이콜 탈 쓰고.

형님이 우리 딸아이 주례를 봐주셨는데 너무 고마워서 형님께 말했다.

"먼 데서 와주셔서 고맙습니다."
"뭐가 고마워 식구인데."

이 말에 너무 감동을 받았다. 나는 식구라고 생각을 안 했
었는데. 그때부터 식구가 됐다.

느려야 더 빛나

나도 말이 느린 편이긴 하지만 개그맨 이병진은 나보다 더 말이 느리다. 병진이가 처음 개그맨이 됐을 때 말이 느리고 답답하다는 이유로 어느 프로그램에서 하차한 적이 있다. 병진이는 상처를 많이 받았고, 충격을 받아 개그맨을 그만둬야겠다고까지 생각했다. 고민 상담 전화를 걸어온 그 친구에게 일요일 오전 8시까지 북한산 입구로 오라고 했다.

일요일 오전 8시 20분쯤 되자 전화가 한 통 걸려왔다.

"형님 왜 안 오세요?"

"아 도착했니? 너 올라갔다 와."

"……."

병진이는 기왕 거기까지 갔는데 그냥 돌아가기도 뭐했는지 혼자 산에 올라갔다고 말했다. 산행을 마치고 내려온 병진이는 개그맨을 그만두고 싶다는 마음과 혼란스럽던 마음이 모두 정리된 느낌이라고 했다.

"병진아 너는 느려야 맛이 있어. 남들이 빠르게 하려고 할 때 더 느리게 해봐. 그게 남보다 더 튀는 방법이고 네가 해야 할 일인 것 같다."

말이 느리면 빨리하라고 하고 빠르면 느리게 하라고 하는 게 맞을까? 느리면 더 느리게 해 봐, 빠르면 더 빠르게 해 봐. 이게 맞을 수도 있지 않을까? 내 생각엔 느려야 더 빛나는 사람이 있다. 병진이는 아직도 느리게, 그렇지만 꾸준히 자기만의 길을 오르고 있다.

시인의 눈

시인이 세상을 바라보는 시점은 일반 사람들과 굉장히 달라서 재미있다.

부산 사는 시인이랑 지리산 뱀사골에서 출발해 천왕봉에 오르기로 했다. 뱀사골 산장에서 하루를 묵고 다음 날 아침 출발할 계획이었다. 짐을 풀고 산장에서 좀 쉬다 밖에 나와 보니 눈이 많이 와 있었고 산장 주변으로 쓰레기 포대들이 다 헤쳐져 있었다. 먹을 게 없으니까 멧돼지들이 뒤져 놓은 거란다. 사람들과 나는 '몇 마리나 내려왔을까?', '언제 내려 왔지?', '그거 잡을 수 없나?' 이야기하다 술 마시고 잠이 들었다.

아침이 되었다. 밤사이 눈이 펑펑펑 내려 사방팔방이 눈 천지였다. '이번 산행 틀렸구나!', '아! 언제 또 오지?', '괜히 왔 나?' 삼만 사천이백칠십 가지 잡생각이 들었다. 아침을 해

먹고 내려가려는데 그곳에 있는 메모지에 시인이 적어 놓은 문장이 보였다.

누가 산돼지 밥상에 하얀 밥상보를 덮었나.

그 장면은 나도 시인도 같이 본 건데, 나도 아는 단어들인데…….

오래전 서정주 시인은 무슨 영문인지는 모르겠지만 나이 70에 귀를 뚫었단다. 뚫자마자 첫 마디가

"아, 내 귓구멍으로 하늘이 왔다 갔다 하는구나."

나는 시인들을 통해 세상 보는 방법을 배우고 있다. 그러나 그들을 따라가기는 정말 힘들다.

대답은 듣고 가야지

개그맨 가운데 내가 가장 선배이기 때문에 먼저 인사를 걸어오는 후배들이 많다. 어느 날 점심시간에 앉아 있는데 한 후배가 지나가면서 "선배님 식사하셨어요?" 하고 묻는다. 마침 밥을 안 먹은 터라 안 먹었다고 대답하려는데 후배는 그냥 지나가 버린다. "야, 이 녀석아. 식사했냐고 물어봤으면 대답을 듣고 가야 할 거 아냐!"

저녁 시간. 술자리에서 만난 한 친구가 억울한 얘기를 털어놓으며 이렇게 말한다. "그러니까 말이야, 너도 한번 생각해봐." 그래 나도 한번 생각해봐야겠다…… 하고 있는데 마구 자기 얘기를 해댄다. "야, 생각해보라고 했으면 생각해볼 시간을 주고 다음 얘기를 진행해야지. 시간도 안 주고 생각해보라고 하면 어떡하니!?"

서영춘 선생님과 워크맨

소니에서 막 워크맨이 나왔을 때였다. 〈이름 모를 소녀〉
를 작곡한 천재 음악가 가수 김정호가 서울역 뒤쪽에 '뉴서
울극장' 쇼에 출연할 때 워크맨에 리시버를 꽂고 음악을 듣
고 있었다. 사회를 보려고 준비하던 서영춘 선생님이 이 워
크맨을 처음 보고 김정호에게

"그게 뭐냐?"
"음악 듣는 건데요. 녹음도 돼요."
"그래? 그거 잠시 빌려주라."

김정호는 영문도 모른 채 서영춘 선생님께 워크맨을 빌려
드렸다. 잠시 후 김정호가 노래를 부를 차례가 되었다. 서영
춘 선생님이 마이크 앞에 서시더니

"이번에는 제가 가수를 소개하는 게 아니고 이 쪼꼬만 기계가 소개하겠습니다."

플레이를 누르니 워크맨 속에서 서영춘 선생님 목소리가 나온다.

이번 순서는 다름이 아니오라 <이름 모를 소녀>를 불러줄 김정호 군이 나오겠습니다.

서영춘 선배님은 천재다. 한 번 설명 듣고 바로 써먹는 순발력에 혀를 내둘렀다. 관객들도 쪼그만 기계에서 서영춘 선생님의 목소리가 나오니 놀랍고도 우스워서 환호했다. 그때 보통의 다른 녹음기들은 레이저 프린터 크기만 했으니까.

배삼룡 선생님의 업적

꼭 기록해두고자 다짐한 배삼룡 선생님의 업적이 있다. 배삼룡 선생님이 외국에 계시다가 다시 방송을 하게 됐다. 당시 방송 출연자들은 분장을 지울 때 두루마리 휴지를 사용했다. 수염은 석유를 솜에 묻혀서 떼어냈다(지금은 아니지만). 배삼룡 선생님이 이걸 보시더니 방송국 사장실에 전화해서 이렇게 말했다(아마 비서가 받았겠지).

"방송국에선 연예인 얼굴을 똥구멍 취급하냐? 이 두루마리 화장지가 밑 씻는 건데 얼굴 닦으라는 게 말이 되냐?"

목소리가 격앙되셨다. 우리에게도 좀처럼 화를 안 내시는 분이었다. 그로부터 얼마 뒤 분장실에는 두루마리 휴지 대신 크리넥스 티슈가 (짜잔!) 등장했다.

용서해 달라고?

〈봄비〉를 불렀던 박인수라는 소울 음악의 달인이 있다. 그 노래 마지막 부분 '봄비가 나리네~ 봄비가 나리네~' 하는 부분이 그야말로 죽여줬다.

'홀리데이 인 서울'이라는 야간 업소에서 일하던 시절, 그 선배랑 뭔 일인가 있어서 술을 마시기로 했다. 내가 한잔 사기로 하고 지금은 없어진 신촌의 아주 작은 카페로 향했다.

거기에 가면 가수 강산에도 있었고 품바를 했던 배우 정규수도 있었다. 작은 문화공간 같은 데라 끼리끼리 아는 사람들이 많이 오는 곳이었다. 테이블이 세 개던가? 공간이 작아서 문 닫을 때쯤이면 다 합석이 되는 '카페라고 하기엔 좀 쑥스럽지만'이라는 다소 긴 이름의 카페다.

한동안 술을 안 마셨다는 박인수 선배는 작은 양주 한 병을 시키시더니 맥주컵에 따라서 한 잔씩 마셨다. 작은 양주 한 병은 맥주컵 두 잔밖에 안 나오는 양인데, 몇 병을 그렇게 마셨는지 모르겠다. 술에 취했다. 팽팽 돌았다!

한숨 돌린 후에 마시려고 이태원 가서 한잔 더 하자고 했다. 물론 술값은 내가 미리 계산했다.

"형님 이태원 가서 한잔 더 하시죠."
"좋지!"

형님이 뒤따라오시는 줄 알고 찻길로 나갔다. 한참 동안 기다려도 형님도 빈 택시도 오지 않았다. 겨울이라 덜덜 떨면서 기다리다 잡힌 택시가 반가워 얼른 탔다.

"어디로 모실까요?"

어! 이 형이 아직도 안 나왔네!

"한남동으로 가시지요."

술이 팽팽, 눈알이 핑글핑글! 집으로 와버렸다.

아침에 깼는데 '이크, 인수 형님을 내가 놓고 왔구나!' 나중에 강산에한테 들은 이야긴데, 카페에서는 이분이 누군지 몰랐다가 내가 박인수 선배님 안 들리게 "야, 인마. 저분이

〈봄비〉 부르신 박인수라는 분이야." 하고 귀띔했더니 강산에를 비롯해 음악 하는 후배들이 전설의 선배를 만났다며 음악 이야기로 꽃을 피웠다고 한다.

박인수 선배는 2차를 가자고 한 녀석(나)이 잠깐 나간 줄 알았는데 몇 시간이 지나도 안 오고, 집에 갈 차비밖에 없는 상태라 내가 계산한 것도 모른 채 초조해졌다. 밤이 훤하게 밝아오자 마침내 선배는

"사실은 내가 술값이 없다. 내일 갖다 줄게."
"아니 무슨 말씀이세요? 아까 전유성 씨가 계산하고 가셨어요."

띠요옹!!

사연을 모르는 나는 다음날 겁이 나서 업소에 못 나갔다. 업소에서 선불로 받았던 돈이 있어 영 안 나갈 수는 없어서 3일 만에 업소에 나갔다. 박인수 선배가 업소에 들어오자마자

"선배님 잘못했습니다. 용서해 주십시오!"
"잘못한 건 알고 있냐?"
"네!"
"그러면 잘못했다고만 말해야지."

"!?!"

'아니 이게 무슨 말인고?' 그다음 말이 이어졌다.

"잘못한 건 네가 한 거고 용서는 내가 하는 건데, 네가 뭔데 잘못한 놈이 용서해라 마라야!"

선배의 말이 옳았다. 잘못한 사람은 잘못했다는 말만 해야 하는 거다. 용서는 상대방이 하는 거고. 잘못했습니다. 선배님! 두 손이 파리가 되어서 싹싹 빌었다. 용서해주셨다! ㅎㅎ

수제

남원에 있는 수제비 잘하는 식당에 다니다가 그 가게 사장과 친해졌다.

"사장님은 젊을 때 뭐 하셨어요?"

가게 사장이 수제비 반죽을 떼어내며 말했다.

"네, 수제 구두 만들었습니다."

기억에 남는 상호들

가게 이름을 자주 지어주다 보니 길을 가다 보면 간판을 살피며 걸을 때가 많다. 뭐니 뭐니 해도 역시 유머가 있어야 사람들이 잘 기억한다. 내가 본 상호 중에서 참 재미있게 지었다고 생각한 모텔 간판이 있다.

　　밤이나 낮이나

그래 밤이면 어떻고 낮이면 어떠랴!

식당 이름 가운데는 이런 상호도 오랫동안 잊히지 않는다.

　　원래는 삼겹살집을 하려고 했다.
　　— 골뱅이 전문점

얼마 전에 어떤 식당에서 본 재미있는 문구.

음식물 남기면 재활용합니다.

물론 식당들 대부분은 뻔한 말들로 가득하다.

저희 집은 조미료를 일절 사용하지 않습니다.

메뉴판에 적혀 있는 이 글귀를 보고 주인에게

"메뉴판에 적지 마시고 가게 창문에 커다랗게 이렇게 써 놓으면 어떨까요?"

조미료 출입 금지!

북촌 어딘가에 가면 진짜로 식당 문에 크게 쓰여 있다.

모르는 사람인 줄 알았습니다

길 가다 모르는 사람에게 반갑게 말해보라.

"오랜만이네요!"
"네?"
"죄송합니다. 모르는 사람인 줄 알았습니다."

그리고 재빨리 앞질러 간다면 한참 후에야 비로소 '뭐? 모르는 사람인 줄 알았다고?'

이것이 바로 언어의 습관성이다. 상대방이 한 말을 제대로 이해하지 않았으면서 스스로 상황에 맞춰 해석해 버린다. 그럴 경우, 상대가 하는 말의 의도를 정확히 파악할 수도 없고 내가 하려는 말의 뜻이 상대방에게 정확하게 전달되기도 어렵다.

두 번째로 아끼는 후배는 누구야?

후배를 소개할 때 이런 얘기를 많이 하곤 한다.

"내가 제일 아끼는 후배야."

제일 아끼는 후배가 왜 그리 많은지…….

"두 번째로 아끼는 후배는 누구야?"

뺨을 왜 쳐?

우리는 지금까지 습관적으로 해온 일들에 길들어져 있고, 생각 없이 해온 말들에 익숙해져서 일상생활 용어로 자주 쓰고 있다.

예를 들어서 "여기 맛있는 집이야. 줄 서서 먹는 집이야" 해서 가보면 줄 서서 기다리긴 해도 줄 서서 먹지는 않더라고…….

모든 말들이 이제는 너무 획일화되어서 "장난 아니야", "대박이야", "예술이야", "환상이야" 이런 말로 뭐든지 다 때우기도 한다.

"비가 장난이 아니게 오네."

비가 많이 온다는 얘기? 언제는 비가 장난으로 왔나? 조금만 생각해보면 뭔가 이상함을 느낄 텐데 우리는 습관적으로 남들이 쓰던 말을 생각하지 않고 그냥 사용한다.

"미스코리아 뺨치게 생겼어."

이쁘면 이쁜 거지 뺨을 왜 쳐? 이 말 표현 그대로라면 내가 너보다 더 이쁘다는 생각이 들면 뺨을 쳐도 되는 걸까?

이쁜 여자가 지나간다. 뒤에 가던 여자가 말을 건다.

"저기 저 좀 봐요."
"네? 저요?"

여기서 철썩! 뺨이 얼얼하다. 영문도 모르고 맞은 여자는 잠시 후 정신을 차리고 뺨을 한 대 치고 멀리 사라지려는 여자를 불러 세운다.

"왜 때린 건데요?"
"내가 너보다 더 이뻐서!"
"무슨 소리예요? 내가 더 이쁜데!"
"웃기고 있네. 내가 더 이쁘지, 네가 왜 더 이뻐?!"

우리가 잘 쓰는 말 중에는 이런 말들도 있다.

내가 쏠게! (한턱낼게)

쳐들어갈게! (내가 너네 집에 놀러 갈게)

뱃살과의 전쟁 (뱃살 빼기로 결심함)

아줌마부대 (다수로 몰려온 아줌마들)

이런 말이 전부 군사용어 아닌가? 이런 용어들이 우리 언어에 끼어들면서 "미스코리아 뺨치게 생겼어"처럼 언어가 폭력적으로 변한 걸 아닐까?

쉽고 편한 말

우리가 쓰는 말 중에 의미가 명확하지 않은 말이 많다.

"얼마나 감사한지 모르겠습니다."

얼마나 감사한지 모른다는 건 감사하지 않다는 거다. "감사한 마음을 어떻게 표현해야 할지 모르겠습니다"라고 제대로 말을 해야 말하는 사람의 뜻이 명확하게 전달된다.

또, 조금 더 쉽게 바꿀 수 있는 말들도 있다. '과태료 부과 차량'은 '벌금 낼 차'로 바꾸면 더 쉽다.

우리 말에 대한 나의 철학은 단순하다. 쓰는 사람이 쉽고 편할 것. 어렵게 관습적으로 굳어져 버린 말들을 쉽고 편하게 바꾸어 간다면 우리의 일상이 좀 더 가벼워지지 않을까?

제발 부탁하오니 '사무소 개소식'은 '사무소 첫 문 여는 날'로 바꾸어 주시옵소서. 멍멍 소리 안 나게!

이거 실례 아닌가?

"전유성 씨 올해 나이가 몇입니까?" 보다는 "저는 쉰다섯 살인데 전유성 씨는 몇이십니까?" 이렇게 말하면 대화가 얼마나 기분 좋게 시작되겠는가?

＊

등산용품 가게에 갔다.

"비상용 호루라기 있어요?"
"그런 거 없어요."

가게를 나오면서 속으로 "뭐 인마?!"라고 못 말한 내가 싫어졌다. 나랑 절교하고 싶었다. 손님이 찾는데 '그런 거'라니! "저희 가게에는 마침 없네요"라고만 말해도 좋을 텐데.

*

　식당 문 앞에서 손님이 꽉 찼다고 "자리 없어요!" 하기보다는 "지금 자리가 없는데 어떡하지요?"라고 말하면 손님이 결정한다. "다음에 올게요"라든지 "언제 오면 한가해요?" 물어보든지!!

*

　입 밖으로 내지 말고 속으로 해야 할 말이 있다.
　술자리에서 오랜만에 만난 후배 녀석이 말했다.

　"많이 늙으셨네요."

　어찌 인사 첫마디가 이거냐? 옆에 있던 강 사장에게도 똑같이 "강 사장님도 많이 늙으셨네요"란다. 그 녀석에게 같이 술 마시기 싫으니까 가라고 했다.
　그다음 날 우연히 또 만났다. 염색 일 한다는 이 녀석은 잠깐 기다리라더니 머플러를 한 장 가지고 나온다. 내 목에 직접 둘러주더니

　"이 목도리, 목주름 가리라고 드리는 겁니다."

65

받자마자 땅바닥에 던져버렸다.

"왜 그러십니꺼? 제가 무슨 결례라도 범했습니꺼?"

살면서 이런 인간 안 만나야 한다. 나중엔 사사건건 다 부 딪힐 게 뻔하니까!! 오백열세 살 먹은 사람도 늙었다고 하면 싫어한다.

오늘의 교훈! 속으로 해야 할 말을 입 밖으로 내지 말자. 그 녀석이 나중에 사과하러 오겠단다. "됐다. 고마 보자. 자 슥아!"

선물

언젠가 연극 하던 후배가 우리 사무실을 찾아와서 사무실 방문 선물로 30센티미터 대나무 자를 가지고 왔다.

"형님, 세상을 이중잣대로 보지 마세요."

선물의 해석이 기발했다. 덧붙인 그 말 한마디가 그 선물을 오래 기억하게 했다.

바라나시

인도 바라나시에 3개월 살았던 적이 있다. 내가 인도에 와 있는 줄 모르는 후배 이두엽에게서 전화가 왔다.

"형 어디야?"
"바라나시."
"응. 바다낚시 하는구나?"
"……."

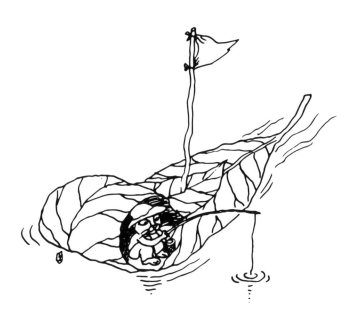

왜 안 좋은 생각부터 할까?

지방에 살다 보니까 내가 살고 있는 곳에 지인들이 놀러 오면 여기저기 구경시켜주는 가이드가 된 지 오래다.

경사가 급한 산길을 차를 타고 구불구불 올라가면 일행 중 한 명은 꼭

"눈 오는 날은 못 올라가겠는데⋯⋯!"

어찌 그리 한결같을까? 지금 잘 올라가잖아? 눈 올 때 못 올라갈 거라는 생각은 왜 하지? 눈 내릴 때 올 것도 아니면서! 뭔가 새로운 이야기가 나올 때마다 가장 안 좋은 상황을 제일 먼저 떠올리는 건 어디서 가르쳐주나?

힐링?

관공서에서 하는 행사들에 '힐링'이란 단어가 참 많이 들어간다. 콘서트를 해도 '힐링 콘서트', 쉼터 하나 만들어도 '힐링 쉼터'. '힐링'이란 단어가 어디든 다 들어간다. 난 '저게 도대체 뭐 하자는 말이지?' 하고 의아했다. 심지어 '힐링 분식 센터'도 있다.

힐링 이전에는 웰빙 웰빙 했다. 예를 들어 '웰빙 콘서트'. 그다음에는 '에코 콘서트'. 또 '그린 콘서트'도 자주 썼다.

아, 요즘은 '테라피'라는 말도 많이 쓰던데... 그렇다면 아예 '에코 그린 웰빙 힐링 테라피 콘서트'라고 하면 어떨까? 그러면 더 좋을 거라고 생각하는 사람들도 있을지 모르겠다. 하지만 그건 정말 거지 같은 이름이라서 아무도 기억 못할 거다.

뻔한 말은 이제 그만!

식당에서 식구들끼리 조용히 밥 먹고 있는데 갑자기 저쪽에 떼거리로 앉아 있던 사람들이 외친다.

"위하여!"

'이게 뭐 하는 짓들인가?' 하는 생각을 한 적이 한두 번이 아니다. 뭘 위한다는 건지? 차라리 이렇게 말하면 어떨까.

"김 과장! 부러워!"
"잘사는 거 질투 난다!"

어디서 들은 거 하지 말고 이제는 자기가 스스로 만들어 보자고!

제헌절 특사

개그맨 후배가 나한테 잘못한 게 있었다.

"너랑 나랑 같이 다니는 거 6개월 금지야."

한 달쯤 지나 최양락이

"제헌절 특사로 풀어주는 거 어때요?"

명분이 좋다! 풀어줬다.

새해 복 많이 드세요

새해 아침 11시 30분쯤 도산공원 복국집에서 밀복탕을 먹고 있는데 후배 연극 배우 민경진에게서 전화가 왔다.

"형님 새해 복 많이 받으세요."
"지금 먹고 있어."
"네? 허허."
"여기 도산공원 복국집인데 이리 와. 같이 복 먹자."
"아! 저는 좀 멀어서요. 형님 먼저 드세요."

2장

삼치

내가 응원하는 팀

사람들은 보통 야구 경기에서 연고지 팀을 응원한다. 나는 채널을 돌리다 마침 야구가 나오면 지고 있는 팀을 무조건 응원한다. 지고 있는 팀을 응원하다가 그 팀이 역전을 시키면 굉장히 신이 난다. 권투를 볼 때도 그렇다. 동료에게 물어본다. "누가 질 것 같으니?" 질 것 같다는 선수만 계속 응원한다.

노후대책

마흔 살에 했던 스탠드업 코미디 〈위기의 남자〉에 나오는 한 대사.

친구: 쯧쯧……. 자네도 이제 돈 벌어서 노후대책을 해야 되지 않나?

나: 그래? 자네는 계속 돈을 벌며 노후를 대비하게. 나는 일을 하면서 노년을 맞을 테니. 내 노후 대책은 돈이 아니라 일이야.

다른 건 몰라도 살면서 가장 잘한 게 뭐냐는 질문에는 딱 잘라 대답할 수 있다. 쉬지 않고 일한 것. 남들은 노후를 생각해서라도 돈을 모아야 한다고 말했지만 나는 일을 하는 것 자체가 노후대책이라고 생각해서 돈을 안 모았다. 아니 못 모았다. 지나고 보니 그 선택이 옳았던 것 같(기도 하)다.

서울 시내에서 고만고만하게 살던 내 친구들은 여전히 고만고만하게 살고 있고, 어릴 때 부자였던 친구는 나이를 먹어서도 여전히 부자더라.

나는 돈은 못 모았지만 지금도 일을 하고 있다. 그것도 아주 재미있게.

그러나 돈은 필요하다. 아흐!

우리 집 고스톱 룰

나는 사실 고스톱을 잘 못 친다(도대체 잘하는 게 뭐야?!). 우리 집 밖에서 치면 웬만하면 다 잃는다. 그런데 우리 집에서 고스톱을 칠 때는 내가 다 딴다. 내가 이길 수밖에 없다. 우리 집 고스톱 룰은 내가 만들었으니까. 나랑 같이 고스톱 치는 사람들이 "그럼 그 룰 좀 알고 시작합시다" 하고 말하면 "안 된다"고 말한다. 룰을 미리 알려주지 않는 게 우리 집 룰이니까. 언젠가 백남준 작가의 작품 전시회에서 이런 글을 봤다.

모든 도박에서 100% 이기는 방법이 있다.
룰을 자기가 만들면 된다.

우와~ 근사하다. 룰은 정해져 있지 않다. 그걸 정하는 사람이 따로 있는 것도 아니다.

청도에 살던 어느 날 '왜 코미디 공연장은 도시나 대학로에만 있어야 하나?' '그건 누가 정한 룰이지?' 하는 의문이 들었다. 사람들이 그걸 당연하게 여기고 사는 게 이상했다. 시골 사람들한테 코미디 좋아하느냐고 물으면 백이면 백 다 좋아한다고 하는데? 시골은 인구가 적어서 대규모 공연장은 어렵다고 했다. '그렇다면 코미디도 짜장면처럼 배달하면 어떨까? 배달의 상징은 철가방이지?' 그래서 조그만 건물을 철가방 모양으로 짓고 이름도 '철가방극장'이라고 지었다. 그랬더니 멀리서 관광버스를 타고 와서 공연을 보았다. 객석이 40석뿐이라 공연마다 관객이 꽉 찼다.

〈개나 소나 콘서트〉도 역시 같은 의문에서 출발했다. '왜 반려동물은 콘서트에 가면 안 되는 거야?' '그건 누가 정한 룰이지?' 현대인들은 반려동물을 가족으로 생각하는데 맡길 곳이 없어서 음악회를 못 가서야 되겠나. 그래서 내가 룰을 만들었다. 그 결과 클래식 공연인 〈개나 소나 콘서트〉가 열렸다. 꽉꽉 찼다. 10회나 했다.

남이 만들어놓은 룰을 따르기만 하면 새로운 일은 벌일 수 없다. 남이 안 해본 일을 하려면 룰은 '내'가 만들어야 한다.

성혼선언 대신 독립선언

결혼식장에 가보면 "오늘의 주인공이 들어오십니다. 박수
쳐 주세요" 하면서 신랑 신부 얘기는 하나도 없다. 주례가
성혼 선언문을 읽어주고 "사랑하시겠습니까?" 그러면 "네"
이것밖에 없다. 아버지들 인사말도 거의 다 비슷하다.

일일이 찾아뵙고 인사를 드리는 게 도리인 줄
아오나……

도리인 줄 알면 해야 도리지. 이런 말은 안 쓰는 게 도리다.

개그맨 김지선이 결혼한다길래 몇 가지 물어봤다. 남과
다른 청첩장을 만들어주려고. 지금껏 봐온 청첩장은 열이면
열 이런 문구로 시작했다.

서로 사랑하는 두 사람이 하나가 되려 하오니

부디 자리를 빛내주시면 감사하겠습니다.

안 빛내주면 깜깜한 데서 결혼하나? 이런 생각이 들었다.

"너희 둘이 어디서 만났니?"

"어떻게 알게 됐니?"

"프러포즈는 뭐라고 했니?"

"그걸 들었을 때 기분은 어땠니?"

"얘랑 왜 결혼을 하려고 결심을 했니?"

"신혼여행은 어디로 가니?"

사람들이 보통 궁금해하는 걸 내가 다 물어봐서 청첩장을 만들어 선물했다. '어화둥둥 내 사랑'이라고 적혀 있는 청첩장을 열면 한쪽 면에는 신랑에 대한 이야기, 다른 한쪽 면에는 신부에 대한 이야기가 나온다. 청첩장 뒷면에는 두 사람의 이야기를 넣었다. 청첩장 덕분인지 그 부부는 애를 낳아도 한둘을 낳은 게 아니라 네 명을 낳아서 잘살고 있다.

언젠가 우리나라가 3·1 독립선언 100주년을 맞았다. 예원예대 출신 오경주와 KBS 출신 개그맨 허안나가 결혼한단다.

"청첩장에 '청첩장'이라고 적지 말자."
"그럼 뭐라고 적나요?"

오경주 허안나 '독립하는 날'.

청첩장이란 말 대신 이렇게 적기로 하고 주례사는 따로 하지 않기로 했다. 대신 나랑「독립선언서」를 같이 만들자.

우리는 아버님으로부터 부모님으로부터 경제적으로 독립하겠습니다. 그러나 보태주시면 거절하지 않겠습니다. 나이 드신 부모님께 아이를 봐달라고 절대로 맡기지 않겠습니다. 그러나 보고 싶어 찾아오시면 숙식 제공합니다.

뭐 이런 식으로 쭉 말한 다음에

"교수님. 저희 독립을 허락해 주십시오."
"나한테 허락받기 전에 양가 부모님께 가서 먼저 허락받고 와야지."

양가 부모한테 허락받고 다시 올라와서 내가 의사봉 망치로 "독립을 허하노라" 땅땅땅.

'감'사드립니다!

경북 청도에 살 적에 가수 서수남 형이 내려왔다. 단풍 사진을 찍어 블로그에 올리겠다길래 내가 봐둔 데가 있으니까 가자고 했다. 며칠 전 자전거를 타고 가다가 동네 깊숙한 골짜기가 온통 붉은색으로 물든 걸 봤기 때문이다.

멀리서 볼 땐 분명 단풍 천지였는데 가까이 가보니까 어라! 붉은 감이었다. 경상도 말로는 천지빼까리, 온산이 감 천지였다!

우리 딸아이가 결혼할 적에 나는 결혼식에 도움을 준 분들에게 감을 사서 보냈다. 감 상자 속에는

　　제 딸아이 결혼식에 도움을 주셔서
　　'감'사드립니다.

최초의 심야 극장

개그맨을 시작한 초기에는 돈벌이가 부실했다. 그 수입만 으로는 힘들어서 다른 일 뭐 없을까 생각하다가 영화 광고 문구 쓰는 일을 하면 어떨까 하는 생각이 들었다. 다른 사람 들이 영화 광고로 썼던 문구들을 유심히 살펴보고 나서 '화 천공사'라는 영화사를 찾아갔다.

영화 광고 일을 하며 처음 낸 생각은 화장실에 스티커를 한번 붙여보자는 것이었다. 화장실에 앉아 있거나 서 있을 때 눈앞에다가 광고를 딱 이렇게 붙이면 길거리에 붙이는 것보다 사람들이 많이 볼 것 같았다. 길거리에 붙이면 떨어 지기도 하고, 또 다른 광고가 곧 그 위에 덧붙기 때문에 효과 가 덜하다고 생각했다.

처음으로 화장실에 스티커 광고를 했던 영화는 〈바보들 의 행진〉이었다. 화장실에 광고판을 붙였더니 꽤 많은 사람 이 그걸 보았다. 내 광고 때문만은 아니고 감독님이 훌륭하

신 분이고 그분의 전작도 굉장히 잘 됐던 터라 흥행에 크게
성공했다.

어느 날 회사로부터 명령이 하나 떨어졌다. 〈헬 나이트〉
라는 공포영화가 있는데 시사회 기획을 나보고 맡아보라는
것이었다. 나는 공포영화이니만큼 시사회를 좀 색다르게 할
수 없을까 생각했다. 그때의 고정관념으로는 시사회는 토요
일 저녁이나 일요일 아침 첫 상영 시간에 진행해야 하는 것
이었다. 통행금지가 있었으니까. 어떻게 하면 시사회를 색
다르게 할 수 있을까 고민하던 그해 마침 통행금지가 해제
되었다. 처음에는 '밤 11시 반이 되면 예비 사이렌이 먼저 울
리고 밤 12시가 되면 통행을 금지하던 그 시대에 갑자기 통
행금지를 해제한다고 해서 밤에 사람들이 많이 다닐까?' 하
고 생각했다. 나는 안 다닐 거라고 생각했다. 그런데 의외로
많은 사람이 밤 12시가 넘어서도 돌아다녔다. 많이 다니는
정도가 아니라 몰려나왔다. 그게 두 달, 석 달이 지나도 줄어
들질 않았다.

"이 영화는 공포영화니까 시사회를 밤 12시에 하면 어떨
까요?"

대부분이 반대했지만 어쨌든 이 계획은 성사되었다. 낙원

동에 있는 '허리우드 극장'에서 심야 극장이라는 걸 한다고 하면서 이렇게 광고했다.

당신이 이 나라 최초의 심야 극장 관객이 되십시오.

"여러분들은 영화 내용이 궁금해서 오겠지만 우리는 영화가 끝나고 여러분들이 어디로 가는지 궁금합니다." 이렇게도 쓰고 싶었지만 그럴 수는 없었다.

당시 모든 공포 영화 광고에는 "임산부나 심장이 약한 분은 조심하세요. 입장하지 마세요" 대부분 이런 문구를 썼었다. 그런데 그 말을 봐도 무섭다는 생각을 안 하는 거다. 나는 좀 다르게 표현해보았다.

10층짜리 빌딩을 1층에서 엘리베이터를 타고 올라가다가 8층쯤 되는 데 갑자기 불이 꺼지면서 엘리베이터가 멈추는 공포를 5라고 한다면 이 영화는 12 정도 됩니다.

초대장은 직접 들고 여러 대학에 가서 나눠줬다. 드디어 그날 밤 11시 30분! 아무도 안 오는 거다. 그런데 그런데 그런데 아 글쎄 사장님과 화장실에서 나오는데……. 우와아!

사람들이 파도처럼 밀려들기 시작했다. 허리우드 극장 개관 날 올린 올리비아 핫세 주연의 〈로미오와 줄리엣〉 이후 최다 관객이 들어와 만석에 입석까지 대성공이었다.

심야 볼링장 어때?

볼링을 좋아하는 개그맨 장두석을 따라 볼링장에 몇 번 따라다니다가 궁금한 게 생겼다. 나보다 어린 오성 볼링장 사장에게 물었다.

"볼링장은 밤 10시까지 하라고 법으로 정해져 있니?"
"아니요."
"그럼 왜 10시 이후에는 안 해?"
"다른 데서도 전부 다 10시까지 하니까요."
"야 그러면 심야 볼링장 어때? 밤새워서 볼링 한번 쳐보게 하자."

그랬더니 볼링장 코치가 말하길

"전유성 씨, 전 세계 어디를 가도 밤 12시에 하는 볼링장은 없잖아요?"

"지금 전 세계라고 했습니까? 전 세계 몇 나라 가 봤는데요? 나는 지금 열 나라 정도 가봤는데 몇 나라 가 봤어요?"

심야 극장에 이어 심야 볼링장인 거다.

심야 볼링을 시작하기로 하고 볼링장 광고 문구도 함께 고민했다. 당시 볼링장의 광고 문구는 다 똑같았다.

전국 최고의 시설, 아늑한 실내 분위기.

이건 지금도 변함이 없다. 심야 볼링장 광고는 좀 다르게 하고 싶었다. 멋진 여인의 뒷모습을 사진으로 찍고 명계남이 쓴 광고 문구를 넣었다.

돌아선 여인의 마음은 돌이킬 수 없지만
쓰러진 볼링핀은 다시 세울 수 있습니다.

광고 디자인은 당시 대학생이던 (지금은 전주 한국소리문화의전당 이사장이 된) 서현석이 맡았다.

심야 볼링장은 어마어마하게 잘 됐다. 지금은 아마 대부분 볼링장이 심야에도 영업할 거다.

그때 그 오성 볼링장 사장은 내가 그 아이디어를 냈을 당시에는 돈을 주지 않았지만, 나중에 몇 년 뒤에 사석에서 만나면 "형님이 아니었으면 볼링장이 망했을 겁니다". 볼 적마다 돈을 주었다. 200만 원도 주고 400만 원도 주고. 맨날 만나고 싶었다. 지금은 연락이 끊겼지만.

아이들이 떠들어도 화내지 않는 음악회

지금 나는 지리산 아래 남원시 인월면에 살고 있다. 정말 작은 동네다. 여기로 와서 살기 전까지는 이상하게 설악산은 자주 갔는데 지리산은 가본 적이 별로 없었다. 그래서 지리산에 한번 가봐야겠다고 마음먹고 꽤 많은 사람에게 물어봤다.

"지리산은 언제 가는 게 좋겠니?"
"봄에 가세요. 봄 지리산 좋습니다."

옆에 있던 사람은 "여름이 더 죽여요." 또 다른 사람은 "가을에 가야죠. 단풍철이 최고예요."
내가 언제 갔을까? 아무도 가라고 권하지 않은 겨울에 갔다. 겨울에 가니까 나뭇잎이 막 떨어진 활엽수들 서 있는 그 광경에서 지리산의 진짜 모습을 더 확실하게 볼 수 있었다.

나는 실상사 말사인 서진암에서 지냈는데 그곳은 12월에는 오후 4시 반만 되면 깜깜해지는 골짜기였다. 어느 날 한 부부가 지리산에 놀러 왔다가 갑자기 깜깜해지는 바람에 내가 있는 암자 불빛을 보고 찾아왔다. 이야기를 나누다 보니 성악가 부부였다. 내 주위에는 가요를 부르는 가수들은 많은데 성악가는 아무도 없었기에 나는 매우 신기했다. 서울 가서도 만남은 계속됐다.

언젠가 그들에게 물어보았다.

"클래식을 들려주면 태교에 굉장히 좋다고 그러잖아요? 그런데 아이들이 어머니 배 속에 있을 때는 모차르트 음악 듣고 태교하면서 정작 세상에 나와서 들으려고 하면 왜 클래식 음악회는 7세 미만 입장 금지인 거죠?"

남편이 조심스럽게 얘기했다.

"잘 모르겠지만 혹시 떠들까 봐 그런 게 아닐까요?"

두 번째 질문을 했다.

"연극이나 〈가요무대〉에서는 많이 하는 수법인데, 성악가들은 안 하는 게 있어요. 노래를 막 시작하려는데 예고 없이

(연출이지만) 불이 탁 꺼지는 거. 사람들이 당황해서 웅성웅성할 때 저기 객석에서 노래를 부르면서 조명을 받으면서 들어오는 거. 이거 흔한 수법이지만 성악가들은 안 하잖습니까? 이거 한번 해보면 어떨까요?"

옆에 있던 피아니스트가

"선생님, 그러면 악보가 안 보여요."
"못 외우나요?"

외우긴 하지만 혹시 틀릴까 봐 악보를 보고 쳐야 한다는 거다.

"그럼 악보가 보이게 헤드 랜턴을 씁시다."

피아니스트가 헤드 랜턴을 쓰고 악보를 보는 음악회, 아이들도 편히 올 수 있는 음악회를 한번 해보기로 했다. 서울에 있는 큰 공연장을 빌렸다. 제목은

<아이들이 떠들어도 화내지 않는 음악회>

첫 공연을 하는데 1200석 정도 되는 공연장이 가득 찼다.

연주가 시작됐는데 아이들이 안 떠드는 거다. 조용했다. 그 당시 사람들이 아이들을 얼마나 깔보고 있었던 것일까? 우리 아이들 머리 좋다. 이런 분위기에서 떠들면 집에 가서 엄마한테 혼난다는 것 촉으로 다 알고 있다. 한 번만 해보기로 한 음악회였는데, 지금까지 〈얌모얌모 콘서트〉라는 이름을 달고 25년이 넘는 동안 똑같은 레퍼토리로 몇천 회를 넘겨 계속되는 공연이 되었다.

개나 소나 콘서트

소싸움으로 유명한 고장인 청도로 이사 간 지 얼마쯤 지났을 때다. 하루는 〈지금은 라디오 시대〉를 함께 진행했던 최유라 씨 생각이 갑자기 났다. 그때는 왜 그가 갑자기 떠올랐는지 몰랐는데 나중에 생각하니 동물 때문이었다.

어느 날 생방송을 준비하는데 최유라 씨가 눈물을 펑펑 흘리면서 방송을 하러 들어왔다.

"왜 그래?"

"애가 아파서 병원에 입원했어요."

음악이 나가면 병원에 전화한다.

"원장 선생님 좀 바꿔주세요. 네? 차도가 있다고요. 네 감사합니다."

큰애가 아프니, 작은애가 아프니 물어봤더니 집에서 키우는 개가 아픈 거였다. 와, 나는 화가 났다. 진짜로 큰애인가 작은애인가 생각하고 있었는데…….

그날 이후 한 두어 달 뒤에 내가 충청북도 황간이라는 곳에 공연을 가게 되었다. 한두 시간 정도 시간이 좀 남아서 뒷동산을 걷다가 작은 고양이와 마주쳤다. 보통 고양이는 사람을 보면 대개 다 도망간다. 강아지들은 사람을 따라가기도 하고 안 따라가기도 하는데. 그런데 그 고양이는 나 있는 대로 기어 나오면서 고양이 소리를 내는데, "야옹~"이 아닌 이상한 "꽥꽥" 소리를 냈다. 처음엔 새소리인 줄 알았다. 알고 보니 몸이 아파서 나한테 온 거다. 놓고 가려니까 안쓰러웠다. 박카스 상자에 담아서 집에 데리고 가서 키우기 시작했다.

나는 반려묘에 대해 잘 몰라서 인터넷으로 사료를 주문해서 그냥 맨날 이만큼 쌓아놓고 실컷 먹으라고 주었다. 많이 먹으라고. 근데 고양이를 키우시는 분들이 나한테 오면 병원에 데리고 가라는 거다. 나는 '무슨 병원을 데리고 가냐? 산에서도 살았는데 이대로 살다가 그냥 가는 거 아니야?'라고 생각했다. 그러다 정말 할 일이 없던 어느 날, '병원에 데려가 볼까?' 그러고서 다시 상자에 넣어서 '가축병원'을 찾아 영등포 당산동 일대를 헤매고 다니기 시작했다. 그런데 그 동네에 가축병원이 없었다. 집으로 돌아오는데 롯데마트 옆에 오른쪽으로 15도 딱 꺾이는 곳에 '동물병원'이라고 쓴 곳이 있는 것이 아닌가? 이미 우리나라에 가축병원이 다 없어지고 동물병원으로 격상되어 있었던 거다. 거기서 정말 훌륭한 수의사 선생님을 만났다. "암컷이에요? 수컷이에요?" 물을 줄 알았는데 선생님은 "공주님이에요? 왕자님이에요?" 공주님이었다. 나는 새로운 세상을 알게 되었다. 개하고 말하는 사람, 고양이하고 말하는 사람.

"오늘 장성 가야지? 늦으면 안 돼."
"어 네비 찍어. 어 56분 나오네."

뭐 이런 식으로 동물들에게 말을 막 하더라니까. 그게 너무 웃긴다고 생각을 했다.

어느 날 신문 기사를 보니까 반려동물을 맡아 줄 사람이 없어서 여행이나 공연 보러 못 가는 사람들이 많다는 거다. 그때만 해도 '반려견'이라는 단어를 쓰기 전이고 '애완견'이라고 사용할 때였다. '음, 애완견이랑 같이 오면 되지 않나? 소를 위해서도 개를 위해서도. 개도 소도 다 올 수 있게 〈개나 소나 콘서트〉라는 이름이 좋겠다!'

이름을 짓고 나니 '개나 소나'라는 말이 좋을 때 쓰는 말이 아니더라고. 비아냥거리거나 조롱할 때 "개나 소나 다 쓰는 거야"라든지 "어이구 개나 소나 다 하십니다" 어떤 말도 좋은 말로는 안 들린다. 그래서 나는 오히려 그 이름으로 개나 소에게 클래식 음악을 들려줘야 되겠다고 생각했다.

그렇지만 나는 음악을 모르니까 연주하고 싶은 곡 목록을 작성해달라고 음악 감독한테 부탁했다. 첫 연주곡은 〈위풍당당 행진곡〉이다. 행사를 복날에 했으니까 "개들아. 복날이라도 기죽지 말고 위풍당당해라"는 취지라고 설명했다. 〈전원 교향곡〉은 "옛날에 너희들은 전원에서 뛰어놀았지?" 〈신세계 교향곡〉이 나오면 "오늘부터 너희들은 신세계로 가는 거야." 그리고 딱히 뭐라고 설명할 수 없는 곡에 대해서는 "이 곡은 키우시는 견주들을 위한 곡입니다".

일단 한 차례만 해보기로 하고 플래카드를 걸었다.

올해가 잘 되면 내년에도 합니다.

물론 잘 됐다. 잘 됐으니 두 번째도 하자. 다음 해에도 그 다음 해에도 전국에서 반려견을 사랑하시는 분들이 거침없는 물결처럼 청도를 다녀가셨다. 시작한 지 10년이 지나 10회를 마지막으로 끝냈다. 하고 싶은 이야기는 태산 같으나 이만 총총.

그리고 청도를 떠났다.

임산부를 위한 음악회

콘서트를 하면서 느낀 점이 있다. 청중을 모으는 방법 중에서 지연 학연 혈연으로 불러 모으는 것, 그게 가장 원시적인 방법이다. '동호회' 개념으로 불러 모으자.

개를 가족처럼 생각하시는 분들을 모십니다.

동호회 방식은 어떠한 장점이 있는가? 〈개나 소나 콘서트〉 2회 때의 일인데 공연 현장에서 다른 집 반려견에게 여섯 명이 물렸다. 개를 쓰다듬다가 손을 물린 그 여섯 분한테 내가 일일이 다 전화를 했더니 그 가운데 네 분이 똑같은 얘기를 했다.

"이런 일로 전화 안 하셔도 돼요. 이런 거 인터넷에 잘못 나면 앞으로 행사 못 하잖아요."

반려견을 사랑하는 그분들이 나에게 용기를 주고 힘을 줬다. 그 일 이후 나는 동호회 개념으로 사람들을 오게 해야겠다는 생각을 굳히게 되었다.

딸이 아이를 가졌을 때의 일이다. 그즈음 부산에서도 〈개나 소나 콘서트〉같이 지금까지 해 본 적이 없는 행사를 한번 해보자고 해서 '그러면 뭘 할까' 하고 궁리하던 차였다. 그때 우리 딸아이가 임신 8개월이었는데 자주 인터넷에 들어가서 모유 수유에 대한 정보를 찾아보곤 했다. 딸처럼 모유 수유에 관해 궁금한 임산부들이 많을 거라는 생각이 들었다.

〈모유 수유가 궁금한 임산부를 위한 음악회〉를 한다고 했더니 부산에 있는 여성병원에서 그 음악회 광고를 보고 자기 병원에 내원하는 임산부들을 다 데리고 오겠다고 티켓 840매를 전부 사줬다. 임산부들이 모여 있는 공연장에서 임신과 수유에 관해 궁금한 것들 모두 질문하라고 토크쇼를 하면서 진행했다.

마침 그 병원 원장님은 첼로를 연주하시는 분이었다. "저 원장님이 첼로 수준이 어느 정도입니까?" 지휘자에게 물었더니 아주 높은 수준이란다.

내가 임플란트를 13개를 박았는데 주위에서 임플란트가 비싸다는 얘기를 너무 많이 했다. 그렇다면 임플란트가 비

싸다고 생각하는 사람들과 비싸지 않다고 생각하는 사람들
끼리 한번 따져보자고 생각해서 우선 〈임플란트가 비싸다고
생각하는 사람들을 위한 음악회〉를 한번 해보려고 준비하다
가 코로나 터지는 바람에 못 했다.

최초 학력

지리산에서 처음 만난 성악가는 지금은 유명해진 서희태 지휘자다. 서희태의 소개로 경주 첨성대 앞에 있는 '마리오 델 모나코'라는 카페의 주인이자 성악가인 이상진을 만났다.

"선생님. 우리 경주에도 특색있는 음악회 하나 만들었으면 좋겠어요."

보통 성악가들은 음악회에서 성악곡만 부르는데 가요를 부르면 어떨까, 트로트를 부르면 어떨까 하고 제안했다. 지금은 방송에서 많이들 하고 있지만 나는 벌써 11년 전에 〈성악가가 부르는 가요 60년〉이라는 행사를 했다. 언제나 관객이 꽉 찼다.

보통 음악회 팸플릿에 보면 성악가들은 어디 어디 저기 학교에 다니고 상 받고, 지금은 어느 학교 강사다. 겸임 교수다. 이런 것만 적혀 있다. 나는 '아, 어느 학교에서 선생님 하고 있다는 얘기만 적으면 그다지 재밌지 않을 텐데?' 그래서 경력란에 최초 학력만 쓰자고 제안했다. 소프라노도 바리톤도 베이스도 피아노 치는 사람도 전부 출신 초등학교만 쓰자고.

엄마들이 음악회에 와서 팸플릿을 보더니

"어? 이 사람 우리 아들 선배야!"

사진 찍는 포토존에 나가면

"야, 너희 학교 선배다. 사진 찍어라. 사진 찍어라."
"저 경주초등학교예요."
"저는 화랑초등학교예요."

그러면서 사진을 같이 찍기 시작했다. 이제는 그 음악회가 4회 5회가 되니까 이런 플래카드가 보이기 시작했다.

경주초등학교 41기 파이팅!

산삼을 위한 음악회, 그다음은?

남원시 인월면으로 이사를 왔는데 이웃인 경남 함양군에서 〈산삼 엑스포〉를 준비하고 있었다. 그런데 코로나 때문에 관객들이 못 온다는 거다.

"식물에게 음악을 들려주면 잘 자란다잖아요? 산삼이 가장 많이 자라고 있는 대봉산에 가서 산삼들에게 음악 한번 들려줍시다."

우리나라 산삼이니까 우리나라 국악 한번 들려주자고 생각해서 그대로 실행했다. 국악 듣고 우아하게 자란 산삼이니 틀림없이 약효가 좋아졌으리라!

꿈이 하나 생겼다. 동물과 식물을 대상으로 음악회를 해봤으니 이제 광물을 대상으로 한번 해보는 것. 무지무지하게 추운 날 태백의 폐광에 가서 음악회를 하고 싶다. 자기 오장육부를 다 내줘서 우리 어머니 아버지 그리고 할머니 할아버지를 따뜻하게 해준 〈광산아 고맙다, 석탄아 고맙다〉 콘서트를 하는 꿈이다. 일부러 몹시 추운 날 가서 다섯 명이 연주할 생각이다. 이건 누가 돈 안 줘도 한다.

석가탄신일 카드

크리스마스가 되면 예수님 탄생하셨다고 크리스마스 카드가 무지 많이 쏟아져 나온다. 같은 성인인데 석가탄신 기념 카드도 있어야 하잖아?

대학생 다닐 적에, 내 친동생하고 내 친구 손철이와 동업을 했다. 그림은 손철이가 그리고 내 동생이 카드를 팔기로 했다. 4월 석가탄신일을 앞두고 무진장 그려 댔다. 석가탄신일 며칠 전 석가탄신 카드를 들고 조계사로 팔러 갔다. 어느 스님이 기발하다며 2장을 사주고 끝!

석가탄신이라고 '축 석탄'이라고 썼는데 부처님이 연탄이냐는 핀잔도 듣고! 다시 끝!

엄마한테 이야기하는 의자

서울 인사동에서 '학교종이 땡땡땡'이라는 학교를 테마로 한 카페를 운영한 적이 있다. 카페 앞에 의자 두 개를 놓아두고 '엄마한테 이야기하는 의자'라고 써 붙여 봤다. 지나가다가 보면 아들딸이 그 의자에 엄마와 마주 앉아서 이야기하는 모습을 자주 볼 수 있었다.

이제 '학교종이 땡땡땡'은 사라졌지만 어딘가에 '엄마한테 하고 싶은 이야기하는 장소'가 있었으면 좋겠다고 생각한다. 또 그 옆이나 다른 곳에 '아버지한테 하고 싶은 얘기하는 장소', '부부끼리 하고 싶은 얘기하는 장소', '부부끼리 1분 싸움하는 장소' 이렇게 막 여러 개 정해둔다면 틀림없이 재미나는 곳이 될 것이다.

전유성의 사진 실패전

사진작가가 될 마음이 있었던 건 절대 아니다. 유럽 배낭여행 갈 때 마침 후지필름 광고 모델을 하게 되었는데 큰돈을 받은 김에 카메라도 사고 필름도 많이 얻어서 사진을 찍기 시작하니까 재미가 있었다. 20여 년 찍다 보니 어랍쇼! '정말 재능이 없구나' 생각이 들어서 때려치웠다(잘했다).

사진 찍는다고 소문이 나니 사진 전시회를 하자는 전시 기획자도 몇 있었다. 사진 찍은 지 1년 만에 인사동에서 전시하는 천재들을 여럿 봤지만 나는 실력도 안 되고 전시하고 싶은 마음이 정말로 없었다. 잡지사에 있는 (존경하는) 선배님이 여러 차례 조르길래 잔머리를 굴렸다. 사진 하는 사람들은 몇천 장을 찍어서 잘 나온 걸 골라서 전시를 하거든! 반대로 해보자. 빛이 들어간 거 이중으로 찍힌 거, 노출이 안 맞는 거(고르기도 쉬웠다), 그런 사진을 잡지에 실으면서 구라를 풀었다.

<전유성의 사진 실패전>

그때 내 나이 오십이었다. 오십 살쯤 먹었으면 한 번쯤은 실패한 건 실패했다고 실토하는 시간을 가져보자. 반백 년 살면서 정직하게 한 번쯤은 실패를 인정하는 사람들이 많아져야 이 나라가 좀 더 좋은 나라가 되리라 믿는다.

심형래 뻥튀기

뻥튀기는 예나 지금이나 "뻥이요!" 외친 다음에 터뜨린다. 예전에는 손으로 돌렸는데 지금은 모터로 돌린다는 것만 바뀌었다.

나는 뻥튀기를 좀 색다르게 사용하고 싶었다. 무대 행사를 할 때 오프닝 때 써먹어 보기로 했다. 〈청도 코미디 아트 페스티벌〉에서 심형래 모습을 크게 만들어놓고 배꼽 부분 뒤에 뻥튀기 기계를 숨겨놓았다.

기관장들은 무슨 행사를 시작할 때면 언제나 테이프 커팅을 한다. 나는 늘 하는 똑같은 일을 되풀이하고 싶지 않아서 끈을 길게 해서 기관장들에게 나누어주었다. 사회자가 "오늘부터 3일간 여러분들의 배꼽을 빼놓겠습니다" 소리치면 기관장들이 배꼽에 묶여 있던 줄을 당긴다. 심형래 배꼽이 빠지면서 뒤에 숨겨놨던 뻥튀기 기계에서 "뻥~" 하면 뻥튀기가 쏟아져나온다.

와핫하! 터지는 웃음과 함성!

지금도 나는 행사가 들어오면 뻥튀기를 사용하려고 한다. 특허를 낼 수는 없지만! 나의 트레이드마크로 언제나 써먹을 생각이다.

〈지금은 라디오 시대〉의 힘

MBC 간판 프로그램인 〈지금은 라디오 시대〉를 최유라 씨와 함께 진행하라고 해서 2년을 했다. 출연료도 많이 받았지만 더 놀라웠던 건 그 프로그램의 영향력이었다.

〈지금은 라디오 시대〉를 진행하던 그 시절 어묵을 파는 식당이나 포장마차에서는 간장을 양재기에 담아 놓고 이 사람도 찍어 먹고 저 사람도 찍어 먹고. 나는 그것이 너무 비위생적이라는 생각이 들어서 거의 일주일에 서너 번 방송에서 "어묵집 간장, 분무기로 뿌려 먹읍시다. 붓으로 발라 먹읍시다" 하고 말했다. 내가 말했기 때문에 그렇게 변했는지는 모르겠지만 그즈음부터 종지에 따로 따라서 간장을 찍어 먹기 시작했고, 정말 간장을 분무기로 뿌려 먹기도 했다.

또 예전에는 추석이나 설이 되면 고속도로를 타고 부산에 가는 데 평상시에 네다섯 시간밖에 안 걸리는 거리가 20시간씩 걸린 적이 있었다. 그때 나는 '고속도로'라는 게 말 그대로 고속으로 갈 수 있을 때 고속도로비를 받아야지 고속으로 안 가고 저속으로 갈 때도 고속도로비를 왜 받느냐 하는 불만이 있었다. 차라리 주차비를 받으면 훨씬 더 많이 걷을 텐데. 방송에서 이런 내 생각을 계속 투덜투덜 말하기 시작했다. 내가 한 말을 누가 들었는지 안 들었는지는 모르겠지만 그때쯤 명절 무료 통행이 시작되었다.

아무도 안 한 일을 하는 즐거움

나는 아무도 안 한 일을 하는 것에서 즐거움을 느낀다.

우리 집 근처 운봉읍에는 남원시에서 관리하는 근사한 소나무밭이 있다. 누가 인월에 찾아오면 반나절 코스로 이 소나무밭까지 안내하곤 했다. 그 소나무밭 앞에 그저 그런 시골집이 있었다. 주인은 내 또래였다. 자주 마주치니 인사를 하는 사이가 됐다.

"여기다 카페를 하면 대박이 날 거 같은데."

주인집 딸들에게까지 이야기했더니 정말 카페를 만들기 시작했다.

어느 날 그 집 주인이 사과 한 상자를 들고 우리 집에 찾아왔다. 집도 안 가르쳐줬는데. 그 아저씨 부인이 더 늦기 전에 전유성 씨한테 고맙다고 인사하라고 해서 사과 상자를 가져

온 거다. "아. 나 이런 거 싫고 술이나 한잔합시다" 했더니 술
은 못한다고 했다. 낭패다. 나 술 안 마시면 안 만나는데!

이런 얘기를 하면 많은 사람이 가장 먼저 하는 질문이

"그 사람한테 돈 좀 받았어?"

개업 후 며칠 지나 눈이 펑펑 쏟아지는 날 그 카페에 갔다.
한 가족이 눈사람을 만들어놓고 즐거운 표정으로 눈싸움을
하고 있었다. '내가 저걸 만들라고 하지 않았다면 저 가족들
저렇게 즐겁게 노는 모습을 보지 못 했을 텐데'.

청도에 살 적에 폐교회를 개조해 카페로 만들었던 일이
생각났다. 스님들이 커피를, 피자를 드시러 오셨다. 교회였
다면 평생 그곳에 올 일이 없었을 스님들을 보는 기분은 유
쾌했다. 이것이 '아무도 안 한 일을 하는 즐거움'이다.

아. 혹시 궁금해할지 모르니 말해주자면 운봉에 있는 그
카페 이름은 '늘, 파인' 카페다.

삶치

박자 못 맞추는 사람은 박치. 음정 못 맞추는 사람은 음치. 길눈 어두운 사람은 길치.

나는 삶을 어떻게 살아가야 하는지 모르겠어. 그냥 막 살아온 것 같아. 그러니까 나는 삶치야!

3장

공상과학소설에는
안 나오는 공상

별일 없다고요?

누가 "별일 없지?" 하고 물을 때 "응 별일 없어"라고 대답하면 별 탈 없이 잘 지내고 있다는 말일 텐데, 별일 없이 지낸다는 게 결코 좋은 말이 아니라는 느낌이 드는 건 왜일까?

살면서 온갖 별일을 다 겪게 되는 게 인생인데, '응. 별일 없어'라는 대답은 '응. 내 인생 별 볼 일 없어'라는 말의 다른 말처럼 느껴진다면 과민한 반응일까?

사실 말이지, 난 별일이 많이 생겼으면 좋겠어. 별일이 많아져서 누가 별일이 없냐고 물어보면 이렇게 대답하는 거야.

"별의별 일 다 있었지. 들어봐. 먼저 20년 전에 돌아가신 아버지가 며칠 전에 살아오셨어. 아버지가 나 어릴 때 데리고 갔던 부산 송도 해수욕장에 같이 갔다 왔어. 나중에 날씨가 더워지면 그때 또 오시겠다며 부산역 앞에서 헤어졌어."

"……."

"그뿐이겠어? 첫사랑 여자가 나타나서 우리 집사람한테 나랑 있었던 이야기를 다 하니까 집사람이 둘이서 한 3박 4일 제주도라도 다녀오라며 돈 2백만 원을 주는 거 있지."

"정말이야?"

"그럼. 정말이지. 집사람도 그사이에 자기도 체코 프라하에 있는 첫사랑 애인한테 다녀오겠대."

"……."

"아 그리고 며칠 전에 무교동에서 효도르를 만났는데 이 자식이 내 발을 밟고 미안하다는 말 한마디 없이 그냥 가길래 내가 앞차기로 그놈 뒤통수를 걷어찼더니 찌~익! 뻗더라. 효도르 매니저가 지금 우리 집에 와서 그 사건 다른 데 가서 말하지 말아 달라고 매달 시합 나가서 번 돈의 10퍼센트를 나한테 주겠다는 거야."

"그래서?"

"안 된다고 했지."

"10퍼센트면 꽤 돈이 될 텐데."

"돈만 많으면 뭐 하냐? 나는 3자를 좋아하니까 3퍼센트만 달라고 하니까, 내가 무슨 꿍꿍이속이 있는 줄 알고 효도르 매니저가 펑펑 울어 쌌는데 왼쪽 눈에서만 눈물이 두 대야가 나오더라."

128

"오른쪽 눈은?"

"오른쪽 눈은 떴다 감았다 하는데 윙크하는 건지 뭐 하는 건지 잘 모르겠어."

뭐 이런 '별일'들이 생긴다면 세상 사는 맛이 더 맛있어지지 않을까?

여러분, 별일 있으시죠?

오늘의 공상 끝.

시험 보는 선생님

고등학교 2학년 수학 시험 시간에 갑자기 학교 선생님들도 학생들이랑 같은 문제로 시험을 보게 하면 어떨까? 선생님들의 점수도 궁금하니까.

선생님들의 점수가 낮을수록 희망을 주는 학교가 된다. 가령 교장 선생님 수학 점수가 40점이라고(많이 쳐줘서) 하자. 수학 점수 40점만 맞아도 최소한 내가 이 학교의 교장은 될 수 있겠다는 희망이 생기지 않을까 하는 공상!

생명보험 드신 분만

누군가 내가 생각지도 못했던 기가 막힌 아이디어를 내놓은 걸 보면 나는 불만 게이지가 굉장히 올라간다. '왜 나는 이런 생각을 못 했나!'

오랜만에 서울 가서 지하철을 타는데 개찰구에 한 사람씩 세어보는 바가 있었어. 승객이 한 명 들어가면 돌아가는 철 막대기 말이야. 거기에

정관장 드신 분은 살살 미세요.

스티커가 붙어 있었어. 쌈박하다. 정관장을 먹으면 힘 난다는 메시지를 이렇게 표현하다니. '야, 이거 기발하다! 기똥찬 광고 문구잖아?

정관장 스티커 생각이 머릿속을 떠나지 않는다. 누가 나한

테 이런 문구 하나 생각해보라고 시키지도 않았는데 말이다.

그해 여름 부산 광안리 해수욕장에 갔다. 먼바다로 나가
면 위험하니 여기를 넘지 말라고 줄을 쳐두고 줄이 가라앉
지 않게 부표를 띄어두었다. 그냥 흰색 부표였다. 저거다!
누가 안 시켰는데도 생각났다.

　　　　생명보험 드신 분만 넘어가세요.
　　　　　　　　　　　　　　　　　　　— 유성생명

한 건 했다.

남의 생가 활용법

국내 이곳저곳을 여행하다 보면 유명했거나 유명한 사람들의 생가를 보존해 놓은 곳을 종종 보게 된다. 들어가 보면 집 단장을 잘해놓았다. 공통적으로 문 앞에 소개하는 글이 가장 먼저 눈에 띈다.

○○○의 생가. 이 집에서 어떤 사람이 태어났고 그 사람은 어떤 일을 한사람이다. 생가 뒤에는 무슨 무슨 산(혹은 봉우리)이 있고 앞으로는 냇물이 흐르는 아주 좋은 명당이다.

대문을 열고 안으로 들어가 본다. 마당도 안채도 모두 잘 정리되어 있다. 따사로운 가을 햇빛에 장독 위로 잠자리가 날기도 하고 붉은 단풍나무 몇 그루도 잘 손질되어 있다. 잘 그린 동양화 한 폭이다.

툇마루에 앉아 그 모습을 좀 고즈넉이 바라보려 했는데 '툇마루에 걸터앉지 말라'는 팻말이 놓여 있다.

이거 참 아까운데. 화가의 생가터, 큰 부자의 생가터, 장군의 생가터, 학문으로 이름을 떨친 사람의 생가터를 이대로 둘 것이 아니라 천하의 명당자리를 현대적으로 이용할 방법은 없을까?

분만실을 갖춘 산후조리원을 하면 어떨까? 큰 부잣집에 큰 부자를 낳은 방을 산모에게 빌려주어 그곳에서 아이를 낳게 하면 어떨까? 좋은 명당의 기를 받아서 아이를 낳으면 참 좋을 터인데!!!

분만실에서 아이를 낳고 그 옆에 최신 시설의 산후조리원을 지어서 산후조리를 받게 하면 그 아이가 큰 부자나 혹은 유명 화가가 되는 데 도움이 되지 않을까?

어려서부터 "너는 누구네 생가에서 태어났고 좋은 명당의 기를 받았으니까 샛길로만 빠지지 않으면 넌 꼭 부자가 될 거야" 하고 용기를 주는 거지!

춘천 어딘가에 있다는 한 마을은 박사가 많이 배출된 마을이라고 소문이 나서 그 동네 숙박업이 잘된다던데!!

나는 군수다

〈나는 가수다〉라는 프로그램이 선풍적인 인기를 끌 때 도청의 과장쯤 되는 분이 군수들의 모임이 있는데 거기서 뭘 한번 해보고 싶다며 직원들과 함께 나를 찾아왔다.

"군수 노래자랑 대회를 해보면 어떻겠습니까? 무용은 군민들이 같이 하고."

몇몇 군수들에게 내가 직접 전화했더니 좋아라 했다. 노래자랑 대회 제목은

　　　〈나는 군수다〉

도청 과장은 직원들은 좋다지만 군수가 하겠냐며 안 하겠단다(실컷 물어보고 안 하는 인간들 정말 많다). 묻지나 말지!

3년쯤 지났다. 다시 그 도청 과장이 전화가 왔다. 〈나는 군수다〉를 하겠단다. 타이밍을 놓쳤다.

"하지 마!"

그 말은 듣더라. 안 했다. 써글!

나무 싸게 팝니다

구파발 쪽 나무 파는 가게 앞에 이렇게 쓰여 있더라고.

　　나무 싸게 팝니다.

그 밑에 한 줄 더 써주고 싶었지.

　　나무 싸게 팝니다.
　　너무 싸게 팝니다.

귀신은 뭐든지 잘 알까?

뭔가를 신기하게도 잘 알아맞힌 사람한테 하는 말이 있다.

"귀신같이 잘 알아맞히네."

귀신은 정말 뭐든지 잘 알까?

'산야초'반 자기소개

　지리산 문화예술학교 '산야초' 반에 입학금 납부하고 입학
식 기다렸다. 지리산은 사방팔방 온 동네가 풀인데 이름이
라도 알아야 풀한테 인사를 하든 말든 할 텐데!

" 나 전유성이요. 댁은 누구슈?"
" 나 당귀요. 옆에 있는 저놈은 더덕이요."

내가 땅 부자?

남원시 인월면으로 이사 온 지 얼마 안 되어 어느 날 사위가 달려와

"아버님, 이 일대 땅 다 아버님이 샀다고 소문났어요."
"그래? 그게 어디냐? 내가 산 땅 나도 구경 한번 해보자."

남는 게 사진뿐이라면

요즘 사람들은 사진을 정말 많이 찍는다. 나는 사진 때문에 30~40대 친구들이나 내가 가르친 학생들이나 극단 친구들한테 밥상머리에서 야단을 많이 먹는다. 음식이 나왔을 때 날름 집어먹으면 "아! 사진도 아직 안 찍었는데!" 하는 소리를 한두 번 들은 게 아니다.

"그거 왜 그렇게 찍니?"
"남는 건 사진뿐이잖아요."

장례식장에 가서 영정사진을 보면 생각한다. '정말 남는 게 저 사진 한 장뿐인가?'
저 아버지가 80, 90이 돼서 돌아가셨는데. 부모님 영정사진을 두 장, 세 장 놓아두면 어떨까? 두 장, 세 장 놓는 게 관습에 어긋난다면 해오던 대로 빈소 중앙에는 한 장 놓아두고, 부모님 앨범을 찾아서 젊은 시절 친구들이랑 바닷가 놀러 가서 찍은 사진, 큰형님 결혼식 때 예식장에서 부모님 모시고 찍은 가족사진, 어머니 아버지 여행 사진들을 액자에 담아 장례식장 벽에 전시하면 어떨까? 스마트폰에 찍혀 있는 최근 드신 음식 사진도!

요즘은 합성 기술이 좋으니까 아버지 어릴 때 꿈이 비행기 조종사였다면 최신 비행기 기종 앞에서 아버지가 조종사복에 헬멧을 옆구리에 끼고 폼 나게 포즈를 취한 사진도 한장 크게 뽑아

> 공군 조종사가 되고 싶었던 아버지는 농부로 일
> 생을 마치셨습니다.

한 마디 써놓자.
부모님의 좌우명도 한마디! 살면서 강조하신 말씀도!

> 어머니는 의리가 중요하다는 말씀을 제일 많이
> 하셨습니다. 사랑해요 엄마!

아버지가 쓰고 계시던 안경도 어머니가 들고 다니시던 핸드백도 유품으로 가져다 놓아도 되는 거 아닌가? 엄마 아버지가 끼고 있던 반지도, 아버지 자동차 키도. 짧은 기간이지

만 부모님의 작은 박물관이 차려졌으면!

하객들은 사진과 전시된 몇 가지 유품을 보면서 고인과의
추억을 조금이라도 더 떠올리지 않을까?

기부만 받지 말고

할머니들이 대학교에 큰돈을 장학금으로 기부하는 일이 종종 있다. 미담이라고 신문에 난다. 평생 길거리에서 김밥이나 순대를 팔아서 모은 돈을 공부하는 가난한 학생들에게 보탬이 되라고 주시는 거다. 나는 이런 기사를 볼 때마다 기부한 할머니들의 그 이후 이야기가 궁금하다.

그 할머니들을 학교 기숙사에 모셔서 같이 살게 하면 어떨까. 장학금 받은 학생들이 아침마다 문안드리게 해야지, 할머니들은 길거리에 앉아서 장사하면서 공부하러 가는 학생들을 보고 부럽기도 하고 자기처럼 돈 없어서 못 배운 처지가 되지 말았으면 하는 안타까운 마음에 계획을 세우시고 실천에 옮기신 거잖아. 교정 어디쯤 할머니 마음에 드는 장소에서 김밥이나 순대 팔 수 있게 해야 한다.

또, 할머니가 3억을 기부했다면 2억만 받고 1억은 할머니를 위해서 쓰면 좋지 않을까? 학생들이 방학 때 자기들 고향

147

에도 모시고 가고, 가고 싶은 곳을 물어서 그곳도 같이 가면 어떨까?

할머니들의 뒷이야기를 훈훈한 미담으로 듣고 싶다. 돈 없는 할머니가 학교에 기부한 것만 미담이 아니고 장학금 받은 학생들의 뒷이야기로 답례의 미담을 만들어야 하지 않겠나?

주차위반 딱지

나는 자동차가 없다. 운전면허증도 없다. 하지만 주차위반 딱지를 보는 건 정말 불쾌하다. 자동차 앞유리창에 떡하니 붙어 있는 주차위반 딱지! 차가 없는 사람이 봐도 불쾌한 주차위반 딱지는 자동차 주인이 잠시인지 얼마인지 어디 갔다 왔는데 붙어 있으면 얼마나 황당할까? 물론 위반했으니 딱지를 떼어야겠지만.

아주 오래전에 여의도에서 방송하던 시절에 벚꽃 구경을 갔다. 벚나무에 벚꽃이 만발하고 자동차엔 주차위반 딱지가 만발해 있었다!

그때 문득 떠오른 생각 하나! 주차 단속하러 오는 사람들이 '오늘은 벚꽃놀이니까 틀림없이 주차위반한 차들이 많을 거야! 오늘 딱지 많이 떼서 기분이 울랄라 좋겠지!' 하면서 오지는 않을 거다. 그렇다면 벚꽃 구경하는 날은 주차위반 딱지 뒷면에 이렇게 적어보면 어떨까?

내년에 여의도로 벚꽃 구경 오실 땐 버스나
지하철로 오세요.

그 아래에 여의도까지 오는 지하철 노선도나 버스 번호도
넣는 거다.

덧붙여서 주정차 위반 과태료가 이륜차 4만 원, 승용차 5
만 원, 승합차 6만 원이라고 해보자. 주차위반한 장소가 종
로3가라면 주차위반 딱지 뒷면에 종로3가 근처의 지정 주차
장 약도를 넣어주면 안 될까? 처음 가는 곳이라 주차할 곳이
없어서(주차장이 어디 있는지 몰라서) 얼마나 많이 그 근처를
빙빙 돌았던가?

아니면 "당신이 과태료로 내는 4만 원은 당신네 식구가
장충동 족발 '중'짜리 하나에 소주 3병을 마실 수 있습니다"
라거나 "가족 4명이 피자 두 판을 시켜 먹고도 만원이 남습
니다" 또는 "두 명이 영화 구경을 가고 남는 돈으로 포장마
차에서 닭똥집 안주에 소주 한 병 마시고 국수를 한 그릇 먹
어도 3천 원 정도가 남습니다"라고 적는 건 어떨까?

주차위반 딱지 뒷면에 어떻게 동네마다 일일이 근처 주차
장을 인쇄할 수 있겠느냐고 물으신다면 장충동 족발집이나
근처 피자집이나 광고하고 싶은 집에 광고 실어주겠다고 주
차위반 딱지 스폰서를 모집하면 안 될까?

태정태세문단세

한국역사학회에서 상을 줘야 할 사람들이 있다. 역사 속에 묻혀버린 이름 모를 사람들이 많이 있다. 〈그것이 알고 싶다〉에서 밝혀내야 한다.

뭔 이야긴데 바람을 잡느냐고 물으신다면, '태정태세문단세'를 처음으로 말한 사람을 찾아서 상을 줘야 한다는 얘기다. 역사학회가 아니라면 이씨 문중에서라도 나서야 한다. '태정태세문단세'를 처음에 어떤 사람이 하지 않았더라면 조선왕조의 왕 이름을 아직도 못 외우는 사람들이 무지 많을 거야.

김유신 단골 주막

　시골 내려가서 살아야겠다 마음먹고 '어디 가서 살까?' 궁리하던 때, 경주 가서 허름한 한옥 한 채 구해서 막걸릿집 해보고 싶더라. 몇 군데 어기적거리며 찾다가 결국 다른 지역 가서 살긴 했지만.

　경주에서 술장사하려던 계획을 들어볼 텐가? 김유신 장군이 큰 뜻을 세우고 내일부터 술을 끊고 열심히 살아보려 했는데 퇴근할 때 늘 가던 술집으로 말이 그냥 알아서 갔다는 이야기를 기억하겠지? 김유신이 그 자리에서 말 목을 쳤다는 전설 같은 전설 이야기.

　먼저 허름한 한옥을 한 채 산다. 한옥 바깥쪽 담벼락에 돼지 피를 한 양동이 뿌린다. 여행 가이드들에게 여기가 바로 김유신 단골집이고 이 피가 말의 피, 그때 그 핏자국이라고 말해준다. 핏자국 앞에서 사진도 찍어 SNS에 올리고 한 명 두 명 말하다 보면 1년에서 3년 안에(옛날엔 10년이지만) 그

집이 김유신 단골 술집이 된다는 거다.

　말 같지 않은 말이라도 꾸준하게 오랫동안 구라를 치면 믿는 사람들이 생기더라구! 아직도 늦지 않았다고 생각하는데 그대들 생각은?

선글라스

그냥 한번 해본 생각. 선글라스는 왜 쓰는가? 폼 잡는 용도로도 쓰겠지만 결정적인 이유는 햇빛으로부터 눈(알)을 보호하자는 거다. 그렇다면 눈은 어릴 때부터 보호해야 하지 않나?

초등학교 때부터 선글라스를 끼게 하자고 말했더니 안 된단다. 애들은 폼 좀 잡으면 안 되나? 어찌 보면 부모들이 애들보고 공부 잘하라고 말하는 것도 나중에 폼 잡고 잘 살라는 거잖아. 애들 눈은 햇빛에 보호 못 받고, 성인이 되어야 선글라스로 눈을 보호한다는 거 그거 이상하잖아!

사설 교도소

시골에 짓다 만 건물이나 모텔 하나 사서 약간만 손질한 후 교도소를 만들면 어떨까?

"아! 나는 아이들에게 자상한 아빠가 아니었다. 징역 3일 살고 나가서 자상한 아빠가 되리라!"

반성문 쓰다 나가는 교도소.

"나는 화가인데도 게을러서 그림을 열심히 그리지 않았다. 반성의 의미로 내가 만족할 만한 그림이 나올 때까지 그리다가 나오겠다."

"헛된 생각만 하며 세월을 까먹었다. 반성하고 나와서 새 나라의 일꾼이 되겠다."

‘살을 빼고 나오겠다’, ‘술을 끊고 담배는 다시 피우겠다’
등등의 반성문을 쓰는 교도소.

크레인 커피숍

크레인 커피숍 할 만한 데가 여주에 딱 있었는데 사장이 허허 웃고 안 하더라고! 말해줘도 안 할 거면서 "여기 뭐 하면 좋을까요?" 물어보긴 왜 물어봐!

언젠가 달인들 나오는 프로그램에 크레인 기사들이 나와서 크레인 끝에 붓을 달고 붓글씨를 쓰게 하는데 여러 명의 크레인 기사들이 다 잘 쓰더라구!

놀이동산 야외에 크레인을 고정해 놓고 크레인 기사가 커피를 쟁반에 담아 주문한 장소로 날라주는 거야. 쉬운 일은 아니지만 웬만한 크레인 기사는 다 할 수 있다는 거야. 공사장 일 없는 날에만 나와서 커피를 날라주는 거지.

여주 그곳은 식물원 하던 곳이라 천정도 높고 실내도 넓어서 가운데 크레인만 설치되어 있으면 딱인데! 마침 복층으로 삥 둘러가며 손님들 앉을 자리도 있던데 말이야!

잡담도 새끼 친다

어느 날 후배에게 "우리 곡성 가서 석쇠 불고기 먹자." 차 타고 가다가 고속도로에 들어서자마자 마음이 바뀌었다. "함양 가는 길에 있는 만둣집에 만두 먹으러 가자. 갑자기 만두가 날 부른다." "아이 형~ 이제 와서 말이 바뀌면 어떡해요?" "미안하다. 뭘 정했다가 바꿀 수도 있는 거 아니냐? 석쇠 불고기나 만두나 뱃속에 들어가면 어쩌고저쩌고……. 10분 안에 바꾸면 용서하는 걸로 하자".

그랬더니 후배가 나를 놀리듯이 뭘 하자고 했다가는 자꾸 바꾼다. "형이 10분 안에 바꾸면 된다고 했잖아요?" 질 수 없다. 타협하자. "70대는 7분 안에 바꿔도 되고 너는 50대니까 5분 안에 바꿔도 된다".

그 친구 서울 가고 나서 본 지 오래됐다. 한번 내려오라고 했다가 7분 안에 오지 말라고 해볼까? 온다고 해놓고 5분 안에 못 온다고 하면 어쩌지? 새끼에 새끼를 치는 잡생각!

돼지 코 터널

남원시 인월면에서 고속도로를 타고 남원 시내에 나가는데 터널 구멍이 돼지 콧구멍처럼 보이는 거다.

지리산이 흑돼지가 맛있으니 터널을 흑돼지 모양으로 만들어 그 구멍으로 자동차들이 들어가게 하면 어떨까?

터널 내부에서 울리는 졸음 방지용 사이렌도 돼지가 꿀꿀대는 소리로 바꾸고. 이거 재미있잖아? 여기저기 떠들고 다녔는데 별 관심이 없더라고.

터널 입구에는 '흑돼지리산'이라고 한마디 써 붙이자.

터널 보러 오는 사람들도 올 것이고 흑돼지도 홍보되고!

궁중요리

궁중요리 전문가를 만난 적이 있었다.

"'궁중요리'라고 하면 궁중에 사는 포졸(수문장) 요리도 포함됩니까?"

순간 그의 얼굴에 '이런 미친놈' 하는 표정이 지나갔다. 그 뒤 입을 꾹 다물긴 했지만 나는 아직도 그것이 궁금하다.

잠자는 콘서트

"클래식 음악을 들으면 이상하게 잠이 온다"는 사람들을 여럿 만났다. 그렇다면 아예 클래식 음악 들으면서 잠자는 콘서트는 어때?

관객들은 여행 갈 때 가져가는 침낭이나 목베개, 담요를 한 장씩만 가져오는 거야. 주최 측에서 취침할 수 있는 발포 매트를 대여해줘도 좋고. 어느 따스한 봄날 거기서 자면서 음악 듣는 〈잠자는 콘서트〉 한번 해보는 게 소원이다. 누워서 별도 보고 스르르 잠이 들었다가 하이든 〈놀람 교향곡〉으로 깨는 음악회. 나는 이렇게 질러 놓으면 반드시 한다.

이것 말고도 또 하고 싶은 음악회. 남원에 몇 군데 유명한 대장간이 있다. 대장간 앞으로 합창단이 찾아가서 〈대장간의 합창〉을 해보게 될지도 몰라!

에스컬레이터 음악회는 어떨까? 올라가는 에스컬레이터를 타고서 〈올드 랭 싸인〉을 부르면서 올라가고, 내려가는 에스컬레이터를 타고서 〈희망의 나라로〉를 부르면서 내려오는 거야. 올라가는 에스컬레이터는 가는 해를 상징하고, 내려오는 에스컬레이터는 한 해를 새롭게 시작하는 노래로 시작해보는 콘서트!

둥근 해가 떴습니다. 자리에서 일어나서
제일 먼저 이를 닦자~~~ 랄랄라!

버섯 광고

버섯 농장에 가서 코미디 공연을 한번 해주고, 그 버섯 포장지에는

그늘에서 살았지만 밝게 자랐다

짜르미

밥상 위에 가위는 좀 살벌하지 않나? 이름 한번 바꿔보자.
'짜르미'라고 바꿔 부르면 좀 부드럽지 않을까? (나만 그런가?)

"아줌마! 여기 짜르미 좀 주세요."

이게 훨씬 나은 거 같은데!

버스킹 연장법

유럽의 거리 공연은 시청에서 어느 장소 어느 시간에 하라고 정해준다(물론 무허가도 많다. 공연 도중에 단속이 와서 도망도 간다). 이들의 공연 방식 중에 배울 만한 게 있다.

만약 내가 오후 1시부터 2시까지 시간을 배정받았단 말이야. 음악 공연을 할 때는 앵콜이 막 쏟아지거든! 앵콜 곡을 불러서 공연이 2시 30분까지 연장되면 뒤에 하는 팀은 화가 나겠지? 화 안 내게 하는 방법이 있지. 그네들은 주로 모자를 앞에 놓고 돈을 받는데 2시가 넘으면 돈 받는 모자를 뒤 팀 것을 갖다 놓는 거야(인기 있어서 시간을 연장했으니, 돈도 더 많이 나와). 어때? 괜찮지?

숟가락 비빔밥집

이런 비빔밥집은 어떨까? 주방에서 미리 비벼놓고 숟가락 숫자대로 돈 받는 집. "열두 숟가락 주세요" 하면 숟가락 열두 개에 비빔밥을 담아주는 비빔밥집.

비빌 필요도 없고 숟가락에 밥을 담아주니 그릇도 필요 없고 그냥 순서대로 숟가락을 집어 들고 입으로 옮기기만 하면 되는 비빔밥집. 세 숟가락부터 팝니다. 한 숟가락에 기본이 500원. 세 숟가락 넘으면 400원씩.

플라스크 칵테일

플라스크에 칵테일 담아 파는 집. 플라스크에 눈금이 그려져 있어서 정확하게 비율 조절을 할 수 있다.

커다란 볼에 얼음을 갈아 넣고 그 위에 플라스크 칵테일을 꽂아서 판다.

4개짜리 8개짜리 12개짜리 칵테일을 다 마시고 팥을 따로 시켜서 마지막에 팥빙수를 해 먹는 즐거움!

캔맥주를 화폐로 사용하는 카페

카페에 들어올 때 가게 밖에서 캔맥주를 만 원에 네 개를 사서 들어가는 거야. 한 캔에 2500원이잖아. 그냥 마시기도 하고 다른 술이나 안주를 시킬 때 3000원으로 쳐주는 거야. 예를 들어 캔맥주 한 개와 2000원 현찰을 주면 5000원짜리 오돌뼈 안주를 주는 거야. 4500원에 사 먹는 거잖아. 그냥 현찰이나 카드로 계산하면 5000원을 꼬박꼬박 받는 거지. 남는 캔맥주는 킵해주는 거야. 언제나 찾아오면 3000원으로 쳐주는 거야. 귀찮으면 돈 다 내고 먹고, 재미있으려면 나가서 계속 캔맥주를 사 오는 거지.

명동 넝마주이

명동에 쓰레기통이 없어요. 아이스크림 들고 다니면서 먹고 나서 아이스크림 그릇 어디다 버려? 닭꼬치 대나무는 어디다 버려? 일회용 컵 들고 다니면서 마신 커피 컵은 어디다 슬쩍 버려? 이거 애매하더라구!

쓰레기통을 어깨에 메고 다니면서 돈 받고 쓰레기를 받아주면 어떨까? 얼마나 벌 수 있냐구? 안 해봤는데 어찌 알겠어? 이런 거는 그냥 해보는 거지, 이럴 때 꼭 이렇게 말하는 사람 있지.

"얼마나 버냐?"
"그걸 누가 하냐?"

아이디어 내는 사람 맥 빠지게!

"한 번에 얼마나 받으면 될까요?"

"라이벌이 나타나지 않을까요?"

"망태기 디자인은 어떻게 하지?"

이렇게 발전시켜야 구라 치는 사람도 신이 나지.

구라라는 말이 나와서 생각난 이야기 하나 추가! 어린아이들 고무로 된 '뻥젖' 있잖아. 우유 먹을 때 먹는 거. 구라젖을 물리니 아이는 아무리 빨아도 우유도 젖도 안 나오는 걸 우물우물 빨잖아. 혹시 그 아이들이 자라나서 유명한 뻥쟁이 구라쟁이가 되는 건 아닐까? 지금 시대는 구라 잘 치는 것도 큰 재산이니까 해보는 우스갯소리!

변강쇠 저녁상

2인분만 파는 음식점이라니! 이 혼술 혼밥 시대에. 1인분만 팔면 기본 조리 시간, 양념 이런 거 원가가 안 맞아서 그런다는데, 아니 곱창전골을 왜 2인분을 혼자 시켜 먹냔 말이야. 누구 기준 1인분인데?! 변강쇠 1인분이야? 홍부 기준 1인분이야?

그래서 제안하는 건데, 곱창전골이 2인분에 2만 원이면 기본 1인분에 만 2천 원을 받고 다음부터는 1인분에 만 원씩 추가할 수 있도록 하는 거 어때?

이런 식당은 어때? 〈연산군 점심상〉, 〈변강쇠 저녁상〉. 다이어트를 원하시는 분께는 〈홍부 아침상〉. 〈변학도 생일상〉을 하는 식당이 있었으면~ 내가 해봤으면~

통일 축제

통일 축제 한번 해봤으면! 우리는 통일을 중국 음식점에서만 많이 해봤잖아.

"야! 짜장면으로 통일해."
"네 짜장면 열여섯 그릇이요."

축제에 온 사람들 점심은 짜장면으로 통일하자. 저녁에 소주 한잔할 때 안주를 삼겹살로 통일하자. 축제 참가자는 주최 측이나 관객이나 전부 치마로 통일하자. 남자 여자 다 같이 치마로 통일하자(어느 여대 축제를 남녀노소가 치마 입고 하자는 지금은 이름이 생각 안 나는 어느 기획자의 아이디어). 짜장면 만들기 대회를 개최해서 '누구네 짜장면이 맛있나?' 상도 주고, 삼겹살도 지역마다 자기네가 맛있다니까 자랑도 하고 팔기도 하고. 또 오후 1시 되면 손톱을 다 같이 깎는다

든가. 한꺼번에 다 통일하긴 힘들어. 되는 것부터 하나하나 늘려보자.

PPL 설교

코로나 때 교회 신도들도 헌금도 많이 줄어들었다길래 했던 공상이다. 간접광고(PPL)를 받아보면 어떨까?

"네 영혼을 깨끗이 세탁하라. ○○세탁기 제공으로 오늘 목사님 말씀이 있으시겠습니다."

"천국에 보험 들자. 유성생명보험주식회사 제공으로 요한복음 ○장 ○○절의 말씀으로 설교하시겠습니다."

빨랫줄 시집

오스트리아 인스부르크의 어떤 동네에 갔더니 빨랫줄에 집게로 메모 같은 걸 주렁주렁 매달아 놓았더라구. 그 나라의 유명한 시인이 살던 집 앞이었어. 그 집 앞에 아마추어 시인들이 자기 시를 남들이 읽어보고 가지고 가라고 전시해 둔 거였어. 그 빨랫줄 출신 시인들이 낸 시집도 그곳 노점에서 팔더라고! 돈 안 드는 아이디어지만 상당히 기발하지 않아? 빨랫줄 출신 시인? 내가 지어낸 말이긴 하지만 우리나라의 문학과지성사, 평민사, 창비의 시집 시리즈처럼 빨랫줄 출신 시리즈 시집을 내보면 어떨까?

새해 소망 명함

새해 인사로 "새해 복 많이 받으세요" 이거 너무 식상하지 않나? 차라리 "아버님 어머님 올해도 빙판길에서 넘어지지 마세요." 이렇게 쓰는 게 더 낫지 않을까?

독자들께서도 한번 해보시지 않을래요? 새해 소망 문구가 들어 있는 명함.

올해는 뱃살을 줄여보겠습니다.

머리를 박박 밀어보겠습니다.

모든 약속 장소는 냉면집으로 하겠습니다.

더운 날

아이가 울고 있다.

"아이가 어디 아파요?"
"더우니까 더 우네요."

올해 유난히 더웠던 어느 날 심심해서.

음식 실명제

우리 식당 음식에는 ○○시장 영숙상회 고춧가루가 들어갑니다. 배추는 철수상회, 쌀은 동철이네서 사서 씁니다. 동철이네 쌀은 00식당, 33식당, 78식당에서도 맛보실 수 있습니다.

이름하여 '재래시장 음식 실명제'를 하면 어떨까? 서로서로 도움이 되지 않을까?

대도시의 큰 식당에서는 "오늘 드신 밥은 남원 ○○면에서 생산된 쌀입니다."

충북 ○○군에는 "우리 동네서 생산된 쌀은 서울 어디 어디, 부산 어디 어디 가면 드실 수 있습니다"라고 써서 붙여둔다면?

지방에 사는 나로서 혹시 동네에 도움이 될까 해서 한마디 적어본다.

조그만 소원

지방자치단체장들은 늘 양복을 입고 다닌다. 그 양복 등에다가

우리 동네 양파 맛있습니다.

라거나

○○군의 포도는 정말 달아요.

라고 써 붙이고 다니는 공무원 한 번 봤으면~

옛날 설렁탕

새벽에 갑자기 든 생각. '옛날 설렁탕' 집을 하면 어떨까?

'옛날 설렁탕'이라고 쓰고 설렁탕 줄 때 '프림통'을 소금통 옆에 같이 놓아준다. 그 옆에 안내문 하나.

프림 한 숟가락 넣어 드시면 옛날 설렁탕이 됩니다.

노래방 점수

노래방에서 소리가 크면 높은 점수가 나온다는 괴담 때문에 노래를 부르는 게 아니라 고함을 지르는 무리가 있었었었지!

그 점수 받아서 어디에 쓰려고!!!!

노래가 다 끝나면 점수 대신에

'노래 잘했으니까 술값 10% 할인'

'무지 잘 불렀으니까 한 곡 더 추가'

'다시는 노래하지 마! ㅎㅎㅎ'

어떨까?

'남원국제공항'

시골 동네를 국제적으로 만드는 간단한 방법. 요즘 여기저기 카페들이 많이 생기던데 카페 이름을 '국제공항'이라고 지으면 어떨까?

남원 국제공항, 지리산 국제공항, 광한루 국제공항, 완도 국제공항 어디든지 국제공항을 하나씩 만들어보자.

카페 인테리어는 공항 라운지처럼 하고, 스튜어디스 복장의 점원이 기내식처럼 보이는 음식을 내온다. 특산품은 면세점처럼 미리 사두었다가 주차장에서 찾아갈 수 있게 하는 거지. 루프탑에는 이정표를 몇 개 세워서 '뉴욕 ○○○킬로미터', '파리 ○○○킬로미터'라고 적어두기도 하고.

아, 국제공항에 비행기가 안 뜬다면 말이 안 되지. 공항의 주인공은 비행기니까 말이야. 세계 각국의 비행기가 제 나라의 국기를 달고 날아야지. 이름하여 〈국제 종이비행기 날리기 대회〉. 참여한 비행기는 주최 측에 기증해야 함. 물론 상금도 줘야지. 우승 상품은 1등 한 선수가 가고 싶은 나라 왕복 항공권.

카페 이름 '○○국제공항'. 누가 특허 내볼래?

4장

옛날아
넌 어디 있니?

후라이보이

후라이보이 곽규석 선생님을 처음 만난 건 1969년 즈음이었다. 나는 국민학교 시절부터 영화배우가 되고 싶었다. 중학교 3학년 때 아동극단 시험 보러 갔다가 떨어지고 고등학교 때는 학교에 연극부를 만들었다. 주위 사람들은 내 억양이 이상하다고 배우는 못 될 거라고 말했다. 심지어는 말하는 게 이상하다고 뺏다를 치는 선배도 있었다. 배우가 못 된다고 하더라도 이 바닥(?)을 떠날 생각은 없었다. 연극과로 대학교에 입학하여 전공을 연출로 바꾸었다(연출 전공자에겐 억양을 가지고 시비 걸지 않는다). 그래도 배우 꿈을 못 버리고 학교에 다니면서 탤런트 시험을 보러 다녔다. 4번이나 떨어졌다. 창피해서 죽고 싶었다.

나보다 못하다고 생각한 인간들도 탤런트 시험에 턱턱 붙었다. 내가 연출할 때 정말 재능 없어 보이던 아해들까지 탤런트가 되어 여기저기 엑스트라로 나오는데 정말 미치지 않은 게 세계평화를 위해서 다행이었을 거다. 방송국 다 망하게 해버리고 싶다고 생각했으니까!

지금이야 TV에 나올 수 있는 길이 다양해졌지만, 당시에는 탤런트. 가수, 코미디언이 되는 것 말고는 길이 별로 없었다. 탤런트 되는 일은 방송국마다 모두 떨어졌으니 끝났고, 가수도 노래를 못하니 불가능했다. 한 가지 남은 게 코미디언이었다.

중학교 졸업 즈음해서 돌린 롤링페이퍼에 '친구에게 붙여주고 싶은 별명이 있다면'이라는 코너가 있었는데 여학생 한 명이 나에게 '후라이보이 2세'라는 별명을 붙여주고 싶다고 적었다. 그 당시 후라이보이는 동양방송의 간판 프로그램 〈쇼쇼쇼〉의 명사회자로 활약하고 있었다. 그래 결심했어! 후라이보이를 찾아가는 거야! 그 사람을 어떻게 하면 만날 수 있는가? 지금의 운현궁 자리에 있던 당시 운현궁 스튜디오에서 〈쇼쇼쇼〉 녹화를 한다는 사실을 알아냈다.

지금도 방송국 출입하는 일은 일반인들에겐 어려운 일이지만 그때는 더 힘들었던 것 같다. 경비와 오랜 말다툼 끝에 후라이보이가 녹화하는 운현궁 스튜디오에 들어갈 수 있었다. 김상희, 최희준, 패티김, 윤복희 같은 가수들이 차례로 나와 노래하는 걸 구경했다. 스타들을 가까이에서 본다는 것 자체가 나에겐 꿈 같은 일이었지만 사회를 보는 후라이보이에게 말을 걸 수는 없었다.

녹화 날만 되면 찾아가기를 예닐곱 번!! 어느 날 곽 선생님이 화장실에 가시는 거다. 나는 무작정 따라가서 소변보시는 선생님 옆에 섰다. 볼일도 안 보는데 볼일 보는 척하면서 첫 대사를 날렸다.

"선생님 코미디 원고는 누가 쓰세요?"

볼일 보시다 말고 그 자세대로 나를 쳐다본다. 아무 말도 없으셨다.

"제가 써올게요!"

선생님의 대답도 안 듣고 바로 화장실을 나왔다.

아흐! 후라이보이 곽규석 선생님. 처음 뵈었을 때의 얼굴이 생각나네요!!!!

〈쇼쇼쇼〉는 먼저 주제가가 흘러나오면 무용단의 무용이 시작되고 후라이보이가 멀리서 뛰어나오면서 시작된다. 카메라 앞에 와서 멈춰 선 후라이보이가 맨손으로 골프 스윙을 한 번 하고는 "안녕하십니까? 안녕하십니까? 후라이보이 곽규석입니다" 오프닝 멘트를 한다. 봄이면 봄에 관해 어쩌고저쩌고 말한 다음에 가수의 노래!

노래 중간중간에 꽁트가 서너 개 나온다. 후라이보이 곽규석에 장고웅, 양영일까지 세 사람이 나와서 꽁트를 한다. 세태 풍자적인 이야기가 주를 이루었고 가끔 특집일 땐 후라이보이 혼자 마임을 보여주기도 했다. 나는 잔머리 온갖 머리다 굴려 가며 20여 개 콩트를 완성했다. 원고를 드리러 가는 길. 경비가 "어디가?" 하고 물을 때 당당히 이야기했다. "후라이보이 원고 가지고 왔어요." 무사통과다. 꽁트 대본을 후라이보이에게 바치고서 얼른 집으로 돌아왔다.

과연 후라이보이 선생님은 내 원고를 써주실까? 토요일 〈쇼쇼쇼〉 시간이 올 때까지 안절부절못했다. 드디어 〈쇼쇼쇼〉 시간! 내 원고를 가지고 콩트를 하는지 안 하는지를 숨죽이고 기다렸다. 얼씨구! 절씨구! 내가 써 드린 원고로 꽁트를 하시는 거다. 물론 내가 원래 쓴 것보다 더 재미있게 고쳐서 쓰긴 했지만 몇 마디는 내가 써드린 오리지널 대사 그대로 하셨다.

지화자! 좋네! 풍년이 왔네! 조바심이 생겼지만 2~3주인가를 안 갔다! 왜? 그냥 쑥스럽기도 하고 날 못 알아보면 어떡하나 하는 두려움도 있었고!

얼마 만엔가 〈쇼쇼쇼〉 녹화장을 갔다. 쭈뼛거리고 복도에 있는데 "야! 인마! 왜 이제 왔어?" 하시는 게 아닌가? 날 알아보다니! 풍년이 또 왔네!! 인연은 그렇게 시작이 되었다.

아흐! 검소하시던 후라이보이 곽규석 선생님!!

그 당시 택시 기본요금이 90원이었다. 같이 택시를 탔다가 내리면서 100원을 내고 내리신다. 택시비는 기본요금(90원)이 나왔다. 100원을 내시고 방송국 안으로 사라지시면 나는 거스름돈 10원을 받아 들고 후라이보이 뮤직 프로덕션이 있던 정동 사무실로 간다. 거기서 여러 가지 잡다한 일을 했다.

한참 지난 어느 날 갑자기 말씀하신다.

"야! 10원 줘!"

"10원이요?"

"야 인마 3주 전에 택시비 90원 나왔을 때 내가 100원 내고 내렸잖아! 잔돈 안 받았어?"

"받았는데요!"

"그럼 내놔!"

아주 오래된 일인데도 10원을 기억하시고 달라고 하시던 분! 정동 사무실에서 남산 KBS까지 시간 남으면 자가용이 있는데도 걸어가시던 분! 다방에서 약속 안 하고 꼭 중국집에서 약속하시면서 "커피값에 조금 보태면 한 끼 먹을 수 있는데 다방에서 커피는 왜 마시냐"면서 핀잔주시던 분! 가끔 점심 식사로 샌드위치를 싸 와서 정동 사무실에서 드셨는데, 그때만 해도 샌드위치로 식사를 한다는 게 너무나도 서양스러운 일이라 '멋있고 앞서 나가시는 분이구나' 하며 경외심을 가지고 바라봤다.

어느 날은 "유성이 점심 안 먹었지? 빵 사다 먹을까?" 하시고 "네" 하고 달려나가 빵을 사 오면 맛있게 드시던 후라이보이 곽규석 선생님.

며칠 후 월급날이었다. 월급에 꼬리표가 붙었다. 그때 월급이 얼마였는지 지금은 기억나지 않지만, 만약 만원이었다면 만 7백 원을 주시는 거다.

"선생님 7백 원이 뭐예요?"

"응 얼마 전에 니가 나가서 니 돈으로 빵 사 왔잖어! 빵값이야."

그걸 기억하시고 챙겨주시던 곽 선생님! 그런데 그렇게 검소하시던 후라이보이 곽 선생님의 기사는 나에게 자랑하곤 했다.

"연예인 기사 중에서 내가 월급이 제일 많아!"

가까이하기엔 너무 어려웠던 곽 선생님!
외국 오케스트라 지휘도 하셨고 외국의 유명연예인이 오면

국적 불문하고 사회를 도맡아 하셨던 5개 국어를 하신 명사회자! 총소리, 대포 소리, 기차 소리 못 내는 소리가 없었던 원맨쇼의 개척자!

언젠가 내가 쓴 꽁트 원고를 읽어보시고는 구봉서 선생님께 갖다주라는 거다. 그때 구봉서 선생님은 다른 방송국에 출연하고 계셨다. 왜 그러셨는지 이유를 몰랐지! 나중에 물으시는 거다. 구봉서 선생님이 하는 그 원고의 코미디를 봤느냐고. 물론 나는 봤으니까 봤다고 대답했지! "우리 팀이 했으면 그만큼 재미있게 못 했을 거야" 하시던 우리 선생님!

곽규석 선생님 보고 싶어요, 만지고 싶어요.

미국 가실 때 제가 쓴 원고를 다시 한번 읽으셨단다! 감격했지. 한마디 하시더군! "유성이 니가 쓴 원고를 보니까 하나부터 열까지 전부 돈이 없어서 생긴 일만 썼냐?" 하시던 말씀이 지금도 귀에 쟁쟁 울린다. 사실 그렇다. 지금도 마찬가지지만 돈이 없었던 시절이니 돈 많아서 생기는 일은 상상이 안 되었던 거지!

"전유성이가 내 마지막 제자야" 하시던 말씀! 원맨쇼도 못하고 외국어도 못하고 노래도 못하고 억양도 이상한데 마지막 제자라니요! 황공무지하지요. 가끔 한국에 오셨을 때 찾아뵈면 "잘 있니? 예수 믿어라. 널 위해 기도 많이 한다". 그 기도 덕분에 아직도 버티고(?) 있습니다.

대본에 곽 선생님이 "야! 백 원짜리 한 개 가지고 와" 하면 내가 "네"라고 대답하게 되어 있던 걸 녹화 들어가서 "야! 백 원짜리 한 개 가지고 와" 하실 적에 "저…… 오십 원짜리 두 개로 가지고 와도 되지요?" 하고 대사를 늘렸다가 녹화 끝나고 장고웅 형한테 대본으로 뒤통수 맞던 일! "야 인마! 한 마디라도 더하면 낫냐?" "죄송합니다" 대답하면서 속으론 '그럼 자식아. 한 마디 더하면 낫지!!!'

내가 뒤통수 맞는 거 보시며 "유성이 한 마디 더하게 해줘라" 하시던 곽 선생님 보고 싶어요. 한번 안겨 울고 싶어요!

지금은 이 세상에 안 계신 곽규석 선생님!

엄마 밥 줘

어렸을 적에 엄마가 학교에 오시면 멀리서도 엄마를 알아보았다. 학부형들이 아무리 많이 와도 한눈에 엄마가 보였다.

나이가 들면서 그 시절 우리 엄마 나이와 비슷한 또래들에게서 우리 엄마의 모습이 보이기 시작했다. 지방 소도시 장날 장터에 가면 여기저기 내 엄마 같은 이 나라의 엄마들이 보인다.

꼬부랑꼬부랑 헤어스타일, 허리를 뒤로 젖히고 걷는 걸음걸이, 사려는 물건을 이리 뒤적 저리 뒤적 하는 손동작, 처음 보면서도 "안녕하세요" 하고 인사하면 햇살처럼 환하게 웃는 얼굴에서 우리 엄마 살아온 세월이 보인다.

엄마가 살아오신 세월 속에 겪었던 일들이, 정치적 상황들이, 된장찌개 끓여놓고 식구들 기다리며 바라보던 저녁노을이 보인다. 징그럽게 춥던 겨울이 끝나고 개나리가 필 때 '봄이 왔구나' 하고 느꼈던 감정이, 남편의 술주정이, 아이들의 성적표를 보고 공부 잘하기만을 바라던 염원이 여느 엄마들도 거의거의 비슷비슷해서일 거야!

매미가 덥다고 시끄럽게 엉엉 울던 뜨거운 여름날의 오이냉국이 나를 키웠고, 엄마가 꿰매어준 양말을 신고 나는 건강한 아이가 되었고, 엄마가 내 등짝에 내리친 빗자루가 나를 정직하게 살도록 만들었다.

그뿐이랴! 새 학기가 시작되면 달력을 뜯어 새 교과서에 옷을 입혀주셨던 손이 책 읽기를 좋아하는 오늘날의 나로 만들었고 "아이고 이노무 자식아" 소리가 나를 바른길로 가게 응원해주셨지.

이다음에 저세상 가서 엄마를 만나면 꼭 하고 싶은 말이 있다.

"엄마 어딨어? 밥 줘!"

꾀병

어린 시절, 우리 어머니는 내가 배 아프다고 하면 마늘을 구워 주곤 했다. 더 먹고 싶어서 배 아프다고 꾀병도 부렸다. 꾀병 부리다가 등짝을 맞았다. 등 아프다고 했으면 뭘 구워 주셨을까?

얼리어답터

　쓰메끼리(손톱깎이) 하나만 있어도 얼리어답터이던 시절. 가위로 손톱 자르던 시절이 있었다. 오른손으로 가위를 들고 왼손 손톱은 그런대로 자를 수 있었다. 왼손에 가위 들고 오른손 손톱 자르기는 정말 어려웠다. 가위 구멍에 왼손가락을 집어넣는 것 자체가 잘 안됐다. 거칠거칠하게 억지로 자른 걸 깜빡 잊고 얼굴 간지러운 곳을 긁으면 얼마나 아팠던지.

리어카 아저씨

어느 날 우리 동네에 리어카에 비행기 모형을 만들어서 '미국', '영국', '프랑스'라고 쓰여 있는 탈것을 끌고 나타난 아저씨가 있었다. "너는 어디 가고 싶냐?" 미국이 늘 1순위였다. 그 비행기를 타고 있으면 아저씨가 사진도 찍어 줬다.

동네에 오는 리어카 아저씨 중에 나중에 '동동구리무'로 통칭되는 로션을 파는 아저씨(내 눈에는 할아버지)가 있었다. 북을 두드리면서 동네 어귀에 나타나고 동네 여자들이 쏟아져 나오면 각자 가지고 온 적당한 그릇에 적당한 양을 아이스크림 푸듯이 퍼주는 시스템이었다. 동네 사람들은 이 아저씨를 우리나라 사람이 아니고 소련 사람이라 했다. 얼굴이 하얘서 그런지 '백계 러시아 사람'이라고도 불렸다. 우리 꼬마들은 여자들에게 인기 짱이었던 이 아저씨를 졸졸 따라다녔다.

국딩 1학년 때였는데 "그만 따라다니고 가라"고 했는데도

끝까지 악착같이 파리 떼처럼 따라가 본 적이 있었는데 이 아저씨가 갑자기 입안에서 틀니를 꺼냈다. 깜짝 놀란 우리는 꽁지 빠지게 달아났다. 그 나라 사람들은 이빨을 통째로 뺏다 넣었다 할 수 있구나 하고 희한하기도 하고 무섭기도 했었다.

여인숙 전등

요즘은 보기 드물어진 여인숙 이야기다(지금도 어딘가에 있을 거야).

여인숙 방은 아주 좁다. 옆방과 내 방 사이 천장 쪽에 네모난 구멍이 있고 그 구멍 가운데 전등이 켜져 있다. 한마디로 등 하나로 방 두 개를 비추는 거다.

두 방이 등 하나를(어느 집은 기다란 형광등) 함께 사용하므로 옆방에서 먼저 불을 끄면 갑자기 컴컴해진다. 그게 싫으면 다시 켜고, 다시 끄고, 이거 뭐 하는 거야?

합의 없이 진행된 옥신각신이 매일 밤 소설책 열 권씩 쓰게 만들었다. 소설책 이름은 『여인숙 팔만대장경 나무관세음보살』!

쌍팔년도

우리가 흔히 '쌍팔년도'라고 할 때 1988년인 줄 알더라고. "내가 왕년에" 대신 "쌍팔년도에 어쩌고저쩌고~" 이게 사실은 단기 4288년, 서기로 1955년을 말하는 거야. 그 증거가 뭐냐고? 88올림픽 이전에도 '쌍팔년도'라는 말을 썼거든!

할머니

어린 시절 누상동 살 때 쌀집에 텔레비전이 있어서 동네 사람들이 쌀집으로 모여들었다. 텔레비전 보시던 우리 할머니는 더빙이 뭔지 모르니까 외화를 보시면서 "에이구 미국 놈들이 한국말도 잘한다" 하고 칭찬하셨지.

그뿐이랴? 내가 담배를 중간쯤 피우다 버리면 "유성아 돈 아깝다. 바싹 피워라" 야단치셨지.

어린 잔머리

국딩 시절, 방학이 끝나갈 때쯤 여름방학 과제물 맨 앞에 하루에 한 줄 일기를 쓰는 페이지가 있었다. 날씨란이 있고, 그날 뭘 했는지 쓰는 빈칸이 있었다. 보통 이런 건 개학 2~3일 전에 한꺼번에 해치우고는 했다. 날씨란에 해 해 해 흐림 비구름 해 해 이렇게 막 적어나가고, 뭘 했는지 쓰는 빈칸에는 이런 식으로 썼다.

8월 1일: (날씨: 해) 할머니 심부름을 했다.
8월 2일: (날씨: 구름) 집 청소를 했다.
8월 3일: (날씨: 해) 엄마랑 시장에 갔다.

쉬워 보이지만 이게 창작하기가 쉽지 않았다. 하루하루 정성 들여 사실대로 쓴 애들이랑 날씨가 다를 수밖에 없었던 거다. 날씨가 다르면 한 번에 몰아 쓴 거 뽀록 나잖아. 굴리고 굴린 어린 잔머리!!!

8월 1일: (날씨: 해) 부산 사는 삼촌 집에 가기
　　　　　로 했다.
8월 2일: (날씨: 구름) 부산 자갈치시장에 갔다.
8월 3일: (날씨: 해) 해운대에 갔다.
8월 4일: (날씨: 구름) 부산 갔다 온 일을 생각
　　　　　했다.
8월 5일: (날씨: 비) 이모가 살고 있는 구미에
　　　　　갔다.
8월 6일: (날씨: 구름) 구미 온 지 3일 됐다.

서울을 떠난 걸로 쓰면 서울이랑 날씨가 달라도 되었기 때문에 잔머리 굴리고 혼자 흐뭇해했던 방학의 추억!!!

한국말 영어사전

중학교에 들어가면서 영어를 배웠다. 전교 1등으로 들어
가면 영어사전('콘사이스'라고 했다)을 상품으로 받았다. 영어
사전을 한 장 외우면 외운 페이지를 뜯어먹는 학습법도 있
었고, 누가 버스 안에서 뜯어먹는 걸 직접 봤다는 친구도 있
었다. 이상한 풍습이었지만 누구는 몇 달 만에 한 권을 다
뜯어먹었다는 믿을 수 없는 이야기들이 싸돌아다녔다.

한국말로 영어를 외우게 한다는 콘셉트의 한국말 영어사
전도 있었는데, 아직도 생각나는 단어가 있다.

about : 어 바위틈 근처에

yes :　　그래 예수야

요즘 사람들이 많이 찾는 『경선식 영단어』의 원조 격인
사전이 그 시절 이미 있었던 거야.

별의별 내기

누가 시계 차고 나타나면 숨 오래 참기 내기, 폐활량 재는 기계를 짊어지고 다니면서 입으로 불어서 누가 폐활량이 큰지 알아보는 내기, 엿을 한 가닥 골라서 엿을 부러트리면 엿속에 구멍이 보이는데 누구 엿 구멍이 더 큰가 보는 내기도 있었다. 새 교과서가 나오면 아무 페이지나 펼쳐서 그 페이지에 사람이 많이 나오면 이기는 내기도 있었다. 얼음이 생기면 손목 안쪽 동맥에 얼음 올려놓고 누가 제일 오래 버티나 겨루던 내기. 창의력이 떨어질 날이 없었던 우리들의 어린 시절.

소주 반병

전에는 포장마차에서 소주 반병도 팔았다. 남들이 마시다 남긴(따라둔) 소주를 사 마셨다. 보통 때 먹는 소주잔보다 약간 큰 잔으로 한 잔씩도 팔았다. 그것이 포장마차의 매력이었다. 들어가서 "소주 한 잔만 주쇼" 하고 꿀꺼더어~ 억 마시고 안주로 오뎅 국물 반 그릇 마시던 포장마차.

남자 주인과 여자 주인의 장사 수완이 달랐다. 먼저 남자 주인.

"소주 반병만 주세요."

남자 주인은 새 병을 따서 빈 병에 따른다. 따르다가 얼추 반반이 되었다 싶으면 두 병을 들고 눈으로 재본다. 둘 중에 한 병이 조금 더 많이 남아 있으면 더 담긴 병을 내준다(씨익

미소를 지으며). 조금 더 든 게 잔으로 치면 얼마나 더 되겠냐마는 기분은 좋다.

여자 주인은 다르다.

"소주 반병만 주세요"

여자 주인은 새 병을 주면서

"드시다가 남기세요."

따르다 보면 아차! 조금 더 잔에 따르는 순간! 낭패다. 마저 다 마시고 한 병값을 다 내야 하는 거다(생활의 지혜, 꼼수, 혹은 교활). '소주 반병'의 부활을 바라며~

답례품 팝니다

    큰고모 결혼식이었다. 지금 인사동 근처 종로예식장에서 했다. 그때는 결혼식을 마치면 하객들에게 답례품이란 걸 돌렸다. 직사각형 도시락통만 한 상자에 든 케이크라고는 했지만, 사실은 카스텔라에 더 가까운 답례품은 한 끼는 족히 때울 수 있는 양이었다. 그런데 가짜 하객들이 나타나서 그 케이크를 가져가는 거다. 결혼식에 온 사람들이 누가 누군지 서로 잘 모르니까 할 수 있는 기가 막힌 지혜(아이디어)인 거다. 하객이 몇 명 올지 모르니 여분으로 더 만들어 둔 것을 몽땅 가져가는 꾼들이 있다는 이야기는 누군가에게 들어서(그것도 여러 번) 알고 있었지만 내 눈으로 본 건 그때가 처음이었다!

    결혼식을 마치고 조계사 앞으로 버스를 타러 가는데 버스 정류장에서 우리 큰고모와 큰고모부 이름이 박스에 인쇄된 바로 그 답례품을 길거리에서 팔고 있는 거야. 캬! 죽인다(라기보다는 캬! 빠르다)!

　"내가 그 사람들 조카인데 그걸 어디서 가지고 온 거냐!" 물어볼 엄두도 안 날 만큼 파는 사람 인상이 더러워서 저게 진짜 팔리는지 구경만 했다. 두어 개 팔리는 걸 보고 버스를 타고 돌아왔다. '야~ 이런 세상이 진짜 있구나!' 하고 감탄했다. 우리가 살면서 이토록 감탄하는 일이 얼마나 있을까?

미제 기름

"우리 엄마가 미제 기름 가지고 왔다."

엄마가 미군 부대에서 일하던 (임씨 성만 생각나는) 어릴 때 친구가 '엄마가 미제 기름을 가져왔다'고 알리면 동네 아이들은 집에서 공깃밥을 들고 이 친구 집으로 모였다. 거버병 (어린이 이유식 병)에 기름과 좁쌀만 한 소고기를 담아 가지고 오신 거다. 미군 부대 식당에서 스테이크를 철판에 구우면 큰 덩어리는 손님상에 나가고 남은 고기 조각과 기름은 따로 얄따란 주걱을 사용해 철판 가장자리로 슥슥 밀어서 잔반 처리한다. 그것을 병에 담아 집으로 가져오시는 거다. 얼마나 기다렸던가. 친구 엄마도 많이 가져오고 싶었지만 일하는 분이 여럿이라 겨우 한 병 가져와서 아이들에게 먹이는 거다.

각자가 가져온 공깃밥에 임씨 성의 친구가 반 숟가락씩

미제 기름을 퍼주면 간장이랑 썩썩 비벼서 먹으면 얼마나
고소했던지. 씹히는 고기 조각은 또 얼마나 별미였던지.

한국 최초의 노래방

카세트테이프로 음악 듣던 시절, 카세트플레이어를 남보
다 먼저 구입한 앞서가는 얼리어답터 노인을 봤다(어디서? 남
산에서). 테이프를 틀고 노래를 들려주다가 노래하고 싶은
사람이 얼마쯤(얼마였는지는 모른다) 돈을 내면 테이프에서
나오는 노래를 부를 수 있게 마이크를 내준다. 이것이 아마
우리나라 최초의 노래방이었을 거다. 그로부터 약 20년 후
부산 해운대에 노래방이 처음으로 생겼다. 반주 테이프가
따로 있는 게 아니어서 돈 낸 사람이 부르는 노래도 반주와
같이 나오는 시스템이었다.

동업자 구함

파고다 공원 거북이 비석 앞에서 어떤 청년(아저씨)이 무슨 지도를 꺼내 들고 "경주에 여기 여기 여기(묘)는 누가 다 파갔는데 여기랑 여기는 아직 안 파갔거든" 하면서 같이 파러 갈 사람을 구한다는 이야기를 듣고 신기하게 생각했다.

금이빨 삽니다

지금도 구두 미화원 유리창에

상품권, 금이빨 삽니다.

빨간 글씨로 쓰여 있더라구! 근데 금이빨을 팔 때 어떻게 판다는 거야? 자기가 뽑아서 파는 거야? 사는 사람이 펜치로 뽑는 거야? 아는 사람 손!

비행기서 담배 피우던 시절

비행기 안에서 담배를 피우던 시절이 있었다고 하면 안 믿는 사람들이 많다. 비행기 좌석 팔 받침대에 뚜껑을 누르면 열리는 담뱃재떨이가 있었다. 비행기 안에서 담배를 못 피우게 된 후로 누구는 미국 안 가는 이유로 열두어 시간 동안 담배를 못 피우게 해서 안 간다는 사람도 있었다.

버스 안에서도 담배를 피웠다. 기차 대합실, 고속버스 대합실에서도 담배를 피웠다. 비행기 좌석 배정받을 때 지금은 창가냐 복도냐를 따지지만, 그때는 금연석이냐 아니냐를 따졌다. 비행기 좌석을 받으면서 "오늘 조종사는 누굽니까?" 묻는 친구도 봤다. 나중에 별거 다 물을 거 같다. "조종사 고향은 어딥니까? 조종사 식성은 어떻습니까?" 기타 등등.

또 있다. 미국까지 가려면 열두어 시간 걸리니까 지루하지 않게 화투를 치면서 (고스톱까지는 봤는데 혹시 섯다도 하지 않았을까?) 가기도 했다. 뒷좌석 바닥에 앉아서 화투를 치는 팀들이 꼭 있었다. 못 믿겠다고? (이건 홈쇼핑 어법이다. 아무도 말 안 하는데 자기가 묻고 자기가 답하는 거 말이다. "프라이팬에 녹이 슬까 봐 걱정이세요?" 자기가 묻고 "걱정하지 마세요" 자기가 답한다) 믿고 보세요. 항공사에서 화투와 트럼프를 나눠줬다니까요.

대한항공에서 나눠주는 화투는 뒷장이 하얀색이었다. 두툼하게 만들어서 바닥에 내리칠 때 (담요 위에서) 소리가 차악 감기는 소리가 일품이었다. 트럼프도 있었다. 항공기가 그려진 곽에 들어 있었다. 모르는 사람들이랑도 게임을 했다. 비행기 안에서 미국 가서 쓸 용돈벌이 괜찮지 않나? 담배 피우고 화투 치고 술도 마시고……. 지루하지 않던 비행기 여행!

오래된 전설

전해 내려오는 이야기가 있다.

"일본이 30년 후에 물에 가라앉는대!"

우와! 궁금해서 요즘 초딩들에게 물어봤더니 아직도 그 '30년 후에 물에 가라앉는다'는 이야기가 전해지고 있었다.

깁미뺀

　집에 있는 깡통을 학교로 가져와서 색종이로 깡통 겉면을 싼 뒤 꽃을 예쁘게 꽂아서 학교 대표로 국립현충원에 다녀오곤 했다. 순국선열에 대한 이야기를 듣고 눈물이 슬금슬금 났다. 그 당시에는 깡통 구하는 일도 쉽지 않은 때였으니까 꽤 정성을 들인 거다.

　인도에 처음 갔을 때 아이들이 우리를 따라다녔다. '돈을 달라는 건가? 아닌데?' 병에 든 생수를 다 마시고 어디다 버릴까를 생각하고 있는데 한 녀석이 그 비닐 병을 자기 달라는 거다. '아 그랬구나!' 비닐 병을 어디다 쓸지는 모르겠는데 우리가 물 다 먹고 버릴 때까지 따라온 거다. 눈물겨웠다. 꼬마들은 또 우리만 보면 "깁미뺀 깁미뺀" 했다. 이게 뭔 소린가? 펜(필기구)이 있으면 달라는 거였다. 우리는 미군을 보면 "헬로 쪼꼬레또 기브미" 먹는 걸 달라고 했었는데…….

서부 영화

카우보이가 나오는 미국 영화를 '서부영화'라고 불렀다.
만약에 우리나라 사극영화를 중국에서 만들거나 이태리에
서 만든다면 이상하지 않을까? 그런데 그런 일이 있었다. 미
국 것인 줄로만 알았던 카우보이 영화를 이태리에서 만들었
다. 클린트 이스트우드 주연의 무법자 시리즈가 피자의 나
라 이태리에서 만들어졌다. 이른바 〈마카로니 웨스턴〉이었
다. 재미있었다. 웃겼다. 코미디로 처리했기 때문에 가능했
을 것이다.

우리나라에서도 '서부영화'를 만들었다. 제목은 〈당나귀
무법자〉. 구봉서 서영춘 주연이다. 무지 획기적이었고 무지
웃겼다.

"너 어디서 왔냐?"

"서부에서 왔다."

"서부 어디?"

"서부 이촌동에서 왔다."

다른 건 몰라도 이 명대사는 아직도 잊지 못한다.

고 서영춘 선배님(코미디언이 뽑은 코미디언으로 뽑힌 위대하신 대선배님) 장례식장에서 고인의 약력을 열거할 때,

"고인은 영화도 300여 편 출연하셨고 대표작으로는 〈당나귀 무법자〉, 〈염통에 털 난 사나이〉, 〈살살이 요건 몰랐지?〉 등이 있고……."

제목이 하나같이 웃겨서 장례식 중에 소리 내어 웃다가 나중에 선배들에게 한마디 들었지. 〈당나귀 무법자〉. 앞서 가던 선배님들의 기획력!

아버지 반찬

아버지 반찬이 따로 있었다. 굴비(1년에 한 번 정도), 어리굴젓(두어 달에 한 번), 소간(아버지가 힘에 부쳐 힘들어하실 때). 엄마에게 "이건 아버지 반찬이야" 하고 미리 주의를 듣는다. 아버지가 "니들도 먹어." 아무도 안 먹는다. 셋째가(오형제다) 어리굴젓을 한 젓가락 가져다 먹는다. 식사가 끝나고 둘째가 "너 왜 먹었어?" "아버지가 먹으랬잖아." "그런다고 먹니?" 퍽!

그런데 요즘 어느 집 엄마는 애들 반찬을 따로 만들고 아버지가 그걸 집어먹으면 "애 반찬을 왜 집어 먹어요?"

아버지의 권위가 땅에 떨어졌다. 어느 날 TV 광고에 이런 게 나오더라. 일요일이다. 남편이 소파에 앉아 "아 피곤해." "여보 이걸 먹고 활력을 찾으세요." 잠시 후 (약을 먹었나 보다) "아 힘이 솟는군. 자 어디로 갈까? 산으로 갈까? 바다로 갈까?" 아버지가 피곤해서 일요일에 좀 쉬겠다는데 영양제를 먹여서 놀러 간다는 거지 같은 콘셉트. 아버지 끗발이 그때부터 다 떨어졌다. 오죽하면 "아빠! 힘내세요. 우리가 있잖아요~" 이런 동요가 나왔을까?

할머니가 타고 온 택시

어느 날 우리 집에 오신 할머니가 우리 형제들을 급하게 부르신다. 택시를 타고 왔는데 택시 기사가 택시비를 바가지 씌운다는 거다. 보통 때보다 많이 달란다고 한다니 형제들이 뛰어나가 보았다. 모범택시 타고 오셨다.

트위스트 김이 찍어놓고 간 거야!

중고 옷을 잘 골라 입으면 멋쟁이던 시절이 있었다. 주로 남대문시장에서 구입했는데 정말 좋은 걸 건지면 "아셈불이야. 아셈불!"이라 했다. 아주 오랜 후에야 '어셈블리'가 상표 이름이란 걸 알게 되었다.

나는 홈스팡 가다마이(트위드 재킷)도, 리바이스 청바지도 남대문시장에서 중고로 사 입었다. 그 당시 영화와 쇼에서 날리던 트위스트 김이나 쟈니 리가 우리들의 우상이었다. 남대문시장 구제품 옷가게에서 마음에 드는 옷을 발견하고 깎아달라고 하면 옷가게 점원(?)이 꼭 하는 상투적인 말이 있었다.

"야. 이거 지난주에 트위스트 김(혹은 쟈니 리)이 찍어놓고 간 거야. 쨔샤!"

남대문시장에서 그 말을 듣고 오는 날이면 그 옷이 무지하게 입고 싶어져서 우울했다. 그 말이 구라라는 걸 나중에 알게 되었다. 갈 때마다 누가 찍어놓은 거래. 씨!

산통 깨졌네!

산통 깨졌네! 산통 깨졌어! '산통'은 예전에 점치는 분들이 대나무로 만든 통을 흔드는 점치는 도구다. 수백 개(?)의 얇게 자른 대나무에 운수가 적혀 있다. 한참 주문을 외우다가 산통 위에 뚫린 구멍으로 그중 한 개를 꺼내 해석해준다.

이 도구가 비쌌던 모양이다. 가난한 점쟁이는 산통 속에 대나무가 몇 개 없는 걸 싸게(?) 구입해서 흔들다가 그만! 산통을 놓쳐 버렸네. 뚜껑이 열리면서 속 내용물을 들켜버린 거다.

수백 개가 아니고 몇 개밖에 없는 걸로 미리 준비한 구라를 쳐왔는데 산통이 깨졌으니! 쯧쯧쯧!!!

오징어 늘리기

    오징어는 왜 그렇게 늘리고 또 늘려서 팔았을까? 20센티 쯤 되는 몸통을 1미터 넘게 만들어서 팔았다. 오징어가 질겨 서였을까? 한 마리 그대로 팔기에는 비싸서였을까? 오징어 파는 아저씨가 오징어를 틀에 넣고 진지한 표정으로 늘리는 걸 보는 구경은 언제나 재미있었다. 손잡이를 앞뒤로 반복해 서 돌리면 오징어가 길게 늘어나고 돈 낸 만큼 잘라주던 오 징어. 문어보다 훨씬 맛있었다.

    오징어를 씹기 좋게 만들었다고 해도 몇 번 씹다 삼키는 법은 없었다. 1센티 정도 잘라 입에 넣고 우물우물 짭짤해진 침만 몇 번이나 삼켰더랬지! 침 삼킬 때 오징어까지 목구멍 으로 넘어갈까봐 오징어를 혀로 윗잇몸 사이로 밀어 넣었 지. 5센티만 사면 버스 세 정거장쯤은 지루하지 않게 걸을 수 있었지.

전차 운전사들의 점심시간

　언젠가 효자동 종점에서 전차 운전사 아저씨들이 점심 먹는 광경을 우연히 보게 되었다. 깜짝 놀랐다. 어른들끼리 반찬 뺏어 먹고 안 뺏기려고 도시락 들고 도망치고……. 개판일 분 전인 모습이 우리 애들이랑 똑같은 거다. 어른들도 저러는구나! 열두 살 딸기 같은 어린 가슴에 충격이었다니깐!

머리카락 따로 수염 따로

내 머리 깎아 주시던 금천교 시장 안에서 이발소 하시던
내 국딩 친구 아버지!

내가 그 친구 아버지네에 이발하러 갈 때 다른 친구가 따
라왔다. 보통 이발을 다 한 뒤에 면도하는데 내가 면도는 안
해도 된다고 말하니까 친구 왈.

"그럼 대신 제 수염 깎아주세요."

어이없는 표정으로 한참 보고 계시던 이발사 아저씨.

"그래 일루와."

옛날아 넌 어디 있니?

트랜지스터 라디오에 라디오보다 큰 배터리를 고무줄로 묶어서 들고 다니면서 듣던 아저씨들! 전파가 안 잡혀 안테나를 이리저리 돌렸지.

"고국에 계신 동포 여러분 안녕하십니까? 여기는 멀리 멕시코 ○○○ 권투 경기장 어쩌구~" 이광재 아나운서, "전국의 어린이 여러분 안녕하세요?"로 시작하던 어린이 노래자랑 강영숙(?) 아나운서. 아~ 옛날아 넌 어디 있니?

삐라

부산 피난 시절 살던 동네를 찾아가 봤다. 내가 살던 곳 근처에 40계단 문화관이 있다. 노래 가사에도 나오는 피난 민들이 40계단을 오르내리며 고달프게 살았던 피난민 판자 촌이다.

때마침 육이오 특별전이 열리고 있었는데 그 당시 삐라(비 행기에서 살포하던 종이 선전물)에 쓰여 있는 문구가 오랫동안 기억난다.

괴뢰들이 일을 시키면 꾀병을 부리시오.

아버지 가죽 장갑

중딩 3학년 때 왕십리에 살았다. 어느 날 아버지 가죽 장갑을 몰래 끼고 학교에 갔다. 나 몰래 반 친구들이 그 장갑을 끼고 밖에 나가 담배를 피우고 들어왔다. 지 손에서 담배 냄새날까 봐! 난 몰랐지. 장갑에서 담배 냄새가 나는 거야. 장갑에서 담배 냄새가 나면 내가 담배 피운다고 아버지에게 오해받아 야단맞을 거 같았다. 당연히 혼날 거라는 생각에 왕십리 가는 전차를 타고 가다가 장갑을 전차 안에 몰래 버렸다. 겨울이면 생각나는 아버지 가죽 장갑! 흰털이 속에 있어서 따뜻했던 가죽 장갑!

쇼호스트의 원조

지금도 여전하지만 종로3가에서 동대문까지 걸어가면 온 갖 노점상들이 많다. 칼 장사, 자석 벨트, 피부병약, 뱀 말린 것 짜낸 기름(캡슐에 주사기로 넣는 것을 보여줌으로써 제조공정의 투명화를 실현했다). 놋그릇 닦는 약, 밤 깎는 기구. 야바위 등등 구경이 재미있다. 부엌칼 하나를 팔아도 그냥 파나? 나무도 깎고 신문지도 자르고. 멘트들도 하나같이 죽인다.

이분들이 홈쇼핑 쇼호스트의 원조다. 특히 채칼 아저씨는 김장철이 되면 나타나는데 무나 당근으로 장미꽃을 만들기도 하고. 어린 마음에 "저기 있는 무채 친 것 처리는 어떡하나?" 정말 궁금해서 물어보고 싶었는데……. 홈쇼핑의 원조라는 생각은 최근에 했고 오래전엔 '모노드라마'의 원조라고 생각했었다. 지나가는 사람들을 관객으로 끌어들여 재미를 주고 집에 칼이 있어도 또 사게 만드는 후불제 모노드라마. 지금도 생각나는 명언이 있다. 뱀 기름 캡슐 장사가 한참 구

245

라를 풀다가 샘플로 한 개씩 선물을 준다. 샘플을 받은 관객들이 은근슬쩍 퇴장하려 할 때쯤.

"약 먹는 용법 알고 가! 냉수에 먹어야 하는 체질, 온수에 먹어야 하는 체질, 어떤 사람은 공복에 먹어야 하는 사람. 식후에 먹어야……."

클라이맥스로 내달린다.

"냉수에 먹어야 할 사람이 온수에 약을 먹으면 그날 밤 피 쏟아!"

여기서 잊지 못할 명언이 터진다.

"뱀 먹으면 정력에 좋다고 아무렇게나 먹으면 안 돼! 용법을 알고 먹어야 돼. 홍수환이 주먹 잘라 먹는다고 펀치가 세지냐?"

장롱면허

"너 운전해?"

"장롱면허에요"

"그래? 그럼 너는 장롱 타고 다니니?"

국기 하기식

지금은 횡단보도 신호가 파란불이면 건너가고 빨간불이면 서 있어야 하잖아.

나 고딩 때는 한글로 '가시오' 하면 건너고 '서시오' 하면 못 건너는 신호였어.

서영춘 선생님 코미디 중에 무단횡단하다 잡힌 사람이 '서시오'를 거꾸로 읽고 '오시서'라 해서 건넜다고 주장하는 것도 있었지. 그때는 웃었지.

근데 진짜 웃기는 건 현실이야. 횡단보도 신호 안 지키고 건너던 사람들을 아스팔트 위에 금을 그어놓고 그 안에 가두어 두었다가 한 시간인가 얼마 있다가 보내준 거 있지? 광화문에서 애 어른 할 거 없이 붙들려 있는 모습이 눈에 삼삼해.

오후 다섯 시가 되면 애국가가 전국에 울려 퍼지면서 태극기를 내리는 하기식을 했어. 이때는 모두가 다 서서 기다려야 했어. 어떤 영화에 도둑놈이 도망 다니다가 국기 하기

식 시간이라 갑자기 제자리에 멈춰 서면 잡으러 오던 사람
도 제자리에 멈추어 서고, 애국가가 끝나고 나면 도둑놈이
온데간데없어 사라지는 장면이 각종 영화에 단골로 나와서
관객들도 그냥 다 알았어. '또 저걸 써먹는구나.'

"경아" 안녕……

예전엔 한국 영화 끝날 때 "끝"이란 자막이 꼭 나왔다. 그래야만 하는 줄 알았다.

이장호 감독의 영화 〈별들의 고향〉은 "끝"으로 끝나지 않았다. 지금도 생생하게 남아 있는 신선했던 충격!

"끝" 대신 나온 말.

"경아" 안녕……

'독자 안녕'이라고 쓸뻔했다.

에필로그

"심심하지 않아요?"

지방 내려와 살면서 제일 많이 듣는 질문이다. 물어본 사람에게 내가 같은 질문을 한다.

"심심하세요?"
"눈코 뜰 새 없이 바빠요."

이분법적으로 설명할 수 있는 건 아니지만 심심한 게 나쁜 건가? 눈코 뜰 새 없이 바쁜 게 좋은 건 아닐 텐데!

사람들은 심심한 걸 대체로 좋아하지 않는다.
오죽하면 땅콩이라도 먹으면서 심심함을 달래라고 할까?

"심심풀이 땅콩 있어요?"

시골 생활의 땅콩은 뭐가 있을까? 우리 집에 놀러 온 지인들이 가끔

"이 풀 이름은 뭐예요?"

그래! 저 풀 이름이 땅콩이다.

'산야초'반에 들어가서 우리 집에 피고 지는 풀 이름 몇 개를 외웠다. 부추가 여기 있네. 뒤꼍에는 머위도 새 나라의 어린이처럼 푸릇푸릇 자라고 있구나.
구름 이름이나 지어볼까? 면도거품구름, 실크목도리구름, 수제비구름……. 심심풀이 땅콩은 여기저기 널려 있다.

눈코는 뜰 수 있을 정도로 심심하지 않다.
심심하니까 주위도 돌아보고 하늘도 쳐다보고 지리산 계곡 물속에 이상기온으로 혹시 고등어나 갈치가 이사와 있지는 않을까? 생각해보고.

심심하니까 공상하고 착각하고 구라치고, 심심하니까 헛소리도 하고 아재 개그도 만들어보고, 심심하니까 옆 동네

사람과 소주 마시면서 지내고.

노래하는 후배가 놀러 왔을 때 국밥집에서 이 친구가 "노래 한번 하겠습니다." 즉석 노래방으로 변해버린 장수 근처의 어느 국밥집. 박수 치며 어깨 들썩이던 그 국밥집이 어딘지 기억이 안 난다. 소주의 힘으로 기억이 펑! 사라졌네. 파일 삭제! 전생에 있었던 일이라며 전생을 잠깐 믿기도 한다.

심심하니까! 잡담 같은 이야기들을 모아서 심심한 분들이 심심하지 않기를 바라는 마음을 여기에 담았다.

고로 심심하므로 심심하지 않다.

내 인생의 심심했던 시간들에 감사를 전하며 책을 닫는다.

전유성

지구에 처음 온 사람처럼

초판 1쇄 발행   2023년 12월 15일

지은이   전유성
삽화   노희성
펴낸이   반기훈
기획   김무곤
편집   반기훈

펴낸곳   ㈜허클베리미디어
출판등록   2018년 8월 1일 제 2018-000232호
주소   06300 서울시 강남구 남부순환로378길 36 의산빌딩 4층
전화   02-704-0801
홈페이지   www.huckleberrybooks.com
이메일   hbrrmedia@gmail.com

ISBN 979-11-90933-24-7 03810

Printed in Korea.